地には㋮のつく星が降る！

喬林　知

12999

角川ビーンズ文庫

地にはZのつく星が降る!

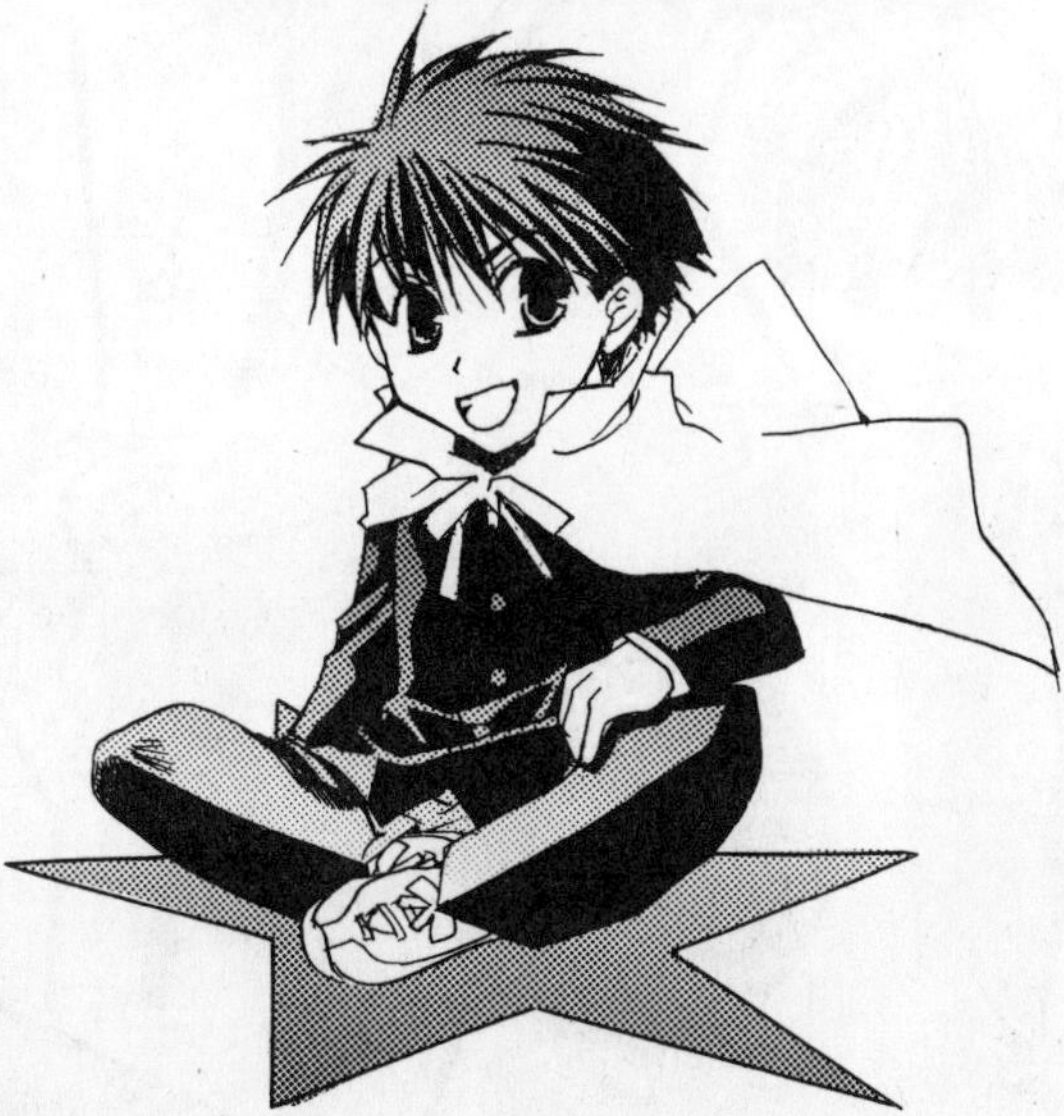

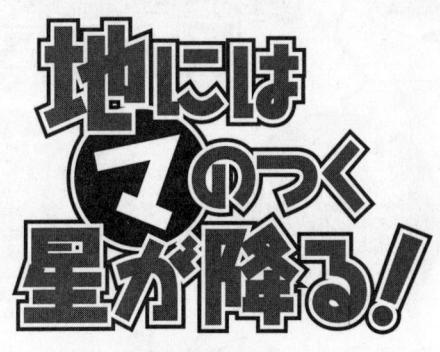

地にはマのつく星が降る!
コンラッド
【ウェラー卿コンラート】
前魔王の次男で、ユーリの名付親。軽やかな性格と柔軟な思考を併せもつ好青年。
ヨザック
【グリエ・ヨザック】
コンラッドの幼なじみにして戦友。任務の名目で女装もたしなむ。
ユーリ
【渋谷有利】
正義感と負けん気が人一倍つよい高校生。このたびめでたく第27代魔王に就任。主人公。
Tomo Takabayashi
illust. Temari Matsumoto

登場人物紹介

ギュンター
【フォンクライスト卿
ギュンター】
王佐、つまり魔王の
教育係として
ユーリに仕える貴族。
最近、愛が暴走気味。
ヴォルフラム
【フォンビーレフェルト卿
ヴォルフラム】
前魔王の三男。
ひょんなことから
ユーリの婚約者に。
グウェンダル
【フォンヴォルテール卿
グウェンダル】
前魔王の長男。
趣味・あみぐるみ。
冷徹な皮肉屋。
村田　健
通称・ムラケン。
ユーリの友人。
ごく普通の眼鏡くん
と思いきや正体は
双黒の大賢者。

本文イラスト／松本テマリ

納得《なっとく》がいかない。

この世の全《すべ》てを見通す全能の存在であるはずの眞王《しんおう》が、何故《なぜ》あんなへなちょこを魔王《まおう》に選んだのか。

あいつは貴人らしく振《ふ》る舞《ま》うことも、戦場で武勲《ぶくん》を立てることもできない。威厳《いげん》に満ちた言葉で民衆を導くことも、畏怖《いふ》をもって民《たみ》を従わせることもできない。何度たしなめてもそこらの子供と球《たま》遊びに興じ、厩舎《きゅうしゃ》や厨房《ちゅうぼう》にまで出入りする。兄も諸卿《きょう》も特に不満を感じないのか、ほとんど好きにさせている。

だが、ぼくから見ればあいつはまだまだ王の器《うつわ》などではない。眞魔《しんま》国という強大な国家の主《あるじ》として世界中の魔族を率いるには、百年どころか二百年は早いだろう。地位に相応《ふさわ》しい聡明《そうめい》さも持ち合わせていないし、成熟という面では仔羊《こひつじ》もいいところだ。

つい先日もあいつの治世に不安を持つ者が「やはり前王の血を引くお方が玉座につかれるほうが……」などと言ってきた。ぼくはここぞとばかりにへなちょこぶりを挙げ連ね、周囲の助力がいかに重要かを説明してやった。

男は何を勘違《かんちが》いしたのか、閣下がそう仰《おっしゃ》るならと妙《みょう》に感心して帰っていった。

……あれ。

ぼくは納得がいかな……ユーリ！　護衛もつけずに城下を彷徨《うろつ》くなと、この前あれほど言っただろうが！

1

彼は人のいい笑《え》みを浮《う》かべ、おれに胸《むな》ぐらを掴《つか》まれたままで立っている。

「お久しぶりです、陛下」

数歩後ろでヨザックが、抑《おさ》えた声で短く言った。

「離《はな》れてください。彼は三人目だ」

「なんでそんな服着てるんだ!? なんでこんなとこに……どうしてシマロンなんかに……」

ウェラー卿コンラートは、黄色と白の似合わない軍服をまとい、大シマロン側の陣《じん》から現れたのだ。

「元々ここは、俺の土地です」

銀を散らした瞳《ひとみ》を細め、さして重要なことでもなさそうに言った。

「俺の先祖が治めていた土地ですよ」

「先祖って何だよ、治めてたって……王様とか大統領みたいなこと言っちゃって……」

「そんなに偉大《いだい》な人物ではありませんけどね」

「だって」

　歴史に弱い頭がくらりとした。倒《たお》れる前にと、おれは右手を額に当てた。雪と泥《どろ》で汚《よご》れた掌《てのひら》には、まだ彼の体温が残っている。

「あんたの国は海の向こうだろ、おれと同じ眞魔国の住人だろ？　なんで人間の国にいるんだよ、どうしてシマロン側のベンチから……」

「申し訳ありません。少々事情が変わりました」

「事情だと⁉」

　死ぬほど心配させておいて、ひょっこり敵として現れるなんて。どんな恐《おそ》ろしい理由かは知らないが、その一言ではとても納得できない。

「聞かせてもらおうじゃないか、ちゃんと聞かせてもらいたいねッ」

「あなたこそ……おっと」

　コンラッドの指が手首に掛《か》かると同時に、凄《すご》いスピードでヨザックがおれを摑んだ。脇《わき》と腰《こし》をがっちりホールドされ、そのまま後ろに引きずられる。

「ちょ、ちょょっとおいっ」

　手荒《てあら》さではどちらが敵か判《わか》らない。ウェラー卿は苦笑いを浮かべながら、おれと友人を交互《こうご》に見た。

「……その手の中の覆面《ふくめん》は何ですか。しかも三人揃《そろ》ってカロリア代表だなんて、お節介《せっかい》にも程があるでしょうに」

「おれのことを訊《き》いてんじゃねーよ！　あんたの事情とやらを訊いてんだろが！　なんだよ畜《ちく》生《しょう》、そんな派手な色の服着ちゃって。阪神《はんしん》ファンでもないくせに。全然似合わねえ、ぜーんぜん似合わねえッ。脱《ぬ》げよ、今すぐそんなん脱いじまえって」

急激に上がった血圧と溢《あふ》れだすアドレナリンを抑えきれず、意思とは逆に両手足をばたつかせてしまう。試合で使う脳の一部では、冷静になれと呪文《じゅもん》のように繰《く》り返しているのに。

「陛下っ、落ち着いて。とにかくまずは猊下《げいか》の元に戻《もど》るんだ。没収《ぼっしゅう》試合になってもかまわないんですか」

ヨザックがおれをホールドしたまま、ベンチに引っ張って行こうとした。人間関係の呑《の》み込めない審判《しんぱん》達は、こちらの剣幕《けんまく》に様子見を決め込んでいる。

「お前にも責任があるぞ、ヨザック」

顎《あご》を固定していた右手の甲《こう》が、ぴくりと一回反応した。

「お前がついていながら、陛下を何故こんな危険な目に遭《あ》わせている？」

「……そいつは申し訳ありませんでしたねェ」

耳のすぐ後ろで聞こえるヨザックの声は、僅《わず》かな皮肉で語尾《ごび》が上がっている。

「オレじゃなくてうちの隊長がご一緒《いっしょ》なら、さぞや安全な旅になったことでしょうが。残念ながら当の本人が行方《ゆくえ》知れずで、無責任にも姿を現さなかったもんで」

「お前とアーダルベルトなら、三戦目までもつれることはないと踏《ふ》んでいたのに」

彼ならアーダルベルトに勝てたはずだと、暗に仄《ほの》めかしているのだ。フリンとマキシーンの一件は、敵陣営《じんえい》に伝わっていないのだろうか。探《さぐ》りを入れるというよりも、本当に不思議に思っているようだ。

「何故あんな真似《まね》を」

「あれは、おれが……」

耳元でヨザックが止めた。

「陛下、話す必要はありません。彼は敵だ。そうでしょう」

「敵……？　コンラッドが、敵……の、はずが」

おれの困惑《こんわく》をよそに、ウェラー卿は不意に語調を強くした。

「カロリア代表は決勝を続行する気がないのか？」

審判に対してのアピールだ。

「続行の意思があるのなら、速《すみ》やかに三戦目に挑《いど》んでいただきたい。もしもその気力と戦力が整わぬならば、潔《いさぎよ》く棄権《きけん》を申し入れ、敗北を受け入れるよう進言したい」

最悪の性癖《せいへき》が出かかって、おれは繰り返し唾《つば》を飲み込んだ。いくら短気だとはいえ、ここで爆発《ばくはつ》しては何にもならない。振り絞《しぼ》るように落ち着いた声を作り、今にもベンチから駆《か》けつけようとしている二人を制した。

「……おれが勝ったら、その服、脱ぐんだろうな」

コンラッドは左手の指先で、白い縁取《ふちど》りの襟《えり》を摘《つま》んだ。おれの言葉をはぐらかすような仕草が、抑えていた感情に油を注ぐ。

「おれが勝ったらこっちに戻るんだろうなッ!? ええ!? そんな裏切り者と同じ場所に座ってないで、おれのところに戻ってくるんだろうな!?」

「さあ」

ウェラー卿はゆっくりと首を振る。

「必ずしもあなたが、最高の指導者というわけではない」

まるで画質の悪いビデオのコマ送りみたいに、視界の端《はし》がちらついた。


ツェツィーリエは震《ふる》える指で遠眼鏡《とおめがね》を握り直し、眼下の光景を見直した。潤《うる》んだ翠《みどり》の瞳には、何度でも同じ姿が映される。

「……どういうことなの……」

隣《となり》に座る知り合ったばかりの友人に、便利で残酷《ざんこく》な道具を渡《わた》す。

「どうなさいました?」

高く離れた貴賓《きひん》席の硝子《がらす》越《ご》しにフリン・ギルビットが確認《かくにん》できたのは、灰色に汚れた雪の地面を引きずられ、自陣《じじん》に戻ってゆくユーリだった。暴れる彼を無理やり運んでいるのは、複雑な表情のヨザックだ。

筒先《つつさき》を上げて視点を中央に戻すと、憮然《ぶぜん》とした顔の審判に挟《はさ》まれて、大シマロン側の三人目が立っていた。

性格がそのまま顕《あらわ》れているのか、一見したところ穏《おだ》やかで人の良さそうな顔つきをしている。あるいは……表にだしているのは全《すべ》てが作り上げられたもので、窺《うかが》い知れぬ心の奥底には、恐ろしい何かを隠《かく》しているのかもしれない。

フリンが直感的にそう思ったのは、彼女が武人を見慣れているからだ。父親の荒《あら》っぽい仕事のお陰《かげ》で、幼い頃《ころ》から数えきれないほどの兵士を見てきた。腕《うで》の立つ者の見分け方は心得ているし、力の背後にある過去にも敏感《びんかん》だ。フリンにとって最も理解できないのは、戦士でもないのに強さを備えた存在だった。

あの人のように。

ふと浮かんだ名前を振《ふ》り払《はら》うように、銀の髪《かみ》を軽く揺《ゆ》する。握り直した遠眼鏡で、対戦相手を再び見る。

寒空での消耗《しょうもう》を抑える立ち方と、武具を扱《あつか》い慣れた腕回り。標準よりやや身長は高いだろうが、戦士らしく均整のとれた体つきだ。二十歳《はたち》そこそこだろうと思われるのに、腰に帯びた剣《けん》に置かれた腕は、試合前の緊張《きんちょう》もしていない。薄茶《うすちゃ》の髪と同系色の瞳《ひとみ》。髪が短い点を除けば、典型的なシマロン人という容貌《ようぼう》だ。少なくとも二人目の金髪《きんぱつ》よりは。……以前にナイジェル・ワイズ・マキシーンの連れだった男は、大シマロンの兵士にしては派手すぎる。

「どなたです？　奥方様のお知り合いですか」

「……息子《むすこ》よ」

「え？」

美しい人の囁《ささや》き声が、一瞬《いっしゅん》だけ涙《なみだ》に濁《にご》ったように聞こえた。だがすぐにツェツィーリエは自分を取り戻し、母というより某国《ぼうこく》の貴人としての態度に返った。

「彼は国でも有数の剣の使い手よ。そして誰《だれ》よりも堅《かた》く新王に忠誠を誓《ちか》った者……なのに何故《なぜ》こんな異国の闘技場《とうぎ》で……最愛の主《あるじ》と対しなくてはならないのかしら。もしもこれが眞王《しんおう》のお与《あた》えになる試練ならば……眞王陛下は、あの子にばかり厳しすぎます」

「ご子息、ですか」

フリンはもう一度、視線を戻した。隣に座る美貌《びぼう》の貴婦人は、成人した息子がいるようにはとても見えない。

「次男のコンラートよ」

しかも次男。

よほど幼くして嫁《とつ》いだのか、それとも見た目と実年齢《じつねんれい》が激しく異なるのか。

薄々勘付《かんづ》いていたことが事実になった。魔族《まぞく》の寿命《じゅみょう》は人間の数倍と聞く。やはりこの人達は魔族で、我々人間と敵対する国の貴族達なのだ。彼女に頭を垂れるダカスコス、サイズモアも。ツェツィーリエばかりではない。フリンにとってはクルーソー大佐《たいさ》である彼も、その友人も。母親譲《ゆず》りの金髪の婚約者《こんやく》も皆《みな》、魔族ということになる。

当然だ。ウィンコットの紋章《もんしょう》を受け継《つ》ぐ大佐が、人間であるはずがない。あの恐《おそ》ろしい力を持つ者が、そこらの人間であるはずがなかった。認めたくなかっただけなのだ。

では、闘技場の中央で「カロリア代表」を待つ青年も？

長い沈黙《ちんもく》に耐《た》えられず、フリンは口を開いた。

「ヴォルフラム……様と比べて、あの方はあまり、その……奥方様には似ていらっしゃらないようですが」

「次男の父親は人間なの。故国を追われた剣持《けんも》つ旅人よ。名をダンヒーリー・ウェラーといって……」

「ダンヒーリー⁉」

聞き返す言葉が驚愕《きょうがく》で上擦《うわず》る。

「では、ではご子息はダンヒーリー・ウェラーの息子だと仰《おっしゃ》るのですか」

「ええ、そう。ウェラー卿《きょう》コンラートはあたくしの息子よ」

シマロンの兵士と近い容貌を持つはずだ。彼の父親はこの地に栄えた一族のうち、最後に名を残した男だった。

フリン・ギルビットは冷たくなった指で口元を押さえた。血液が頭から爪先《つまさき》まで一気に落ちる。幾《いく》つもの名前が絡《から》まって、脳の内部で回転する。

犯《おか》した罪を知られる前に、命を絶ってしまいたいと心底思った。


ヨザックに引きずられてベンチに戻《もど》ると、おれは椅子《いす》を蹴《け》り、壁《かべ》を叩《たた》いて、誰にともなく叫《さけ》んだ。どうしようもなく取り乱している。みっともない、けれどそう簡単には治まらない。

「どういうことだ、どういうことだよ!? あの態度ッ」

先程までの雰囲気《ふんいき》は掻《か》き消えて、重苦しい空気だけが残されている。倒《たお》れた予備の武器が当たったのか、バケツがけたたましい音を立てた。格好の八つ当たり相手を発見し、表面がへこむまで蹴り上げる。

「洗脳されてんだよ! 絶対に脳味噌《のうみそ》いじくられてんだ! アメフトマッチョいただろ!? アメフトマッチョ」

「ユーリ」

「あいつ脳味噌掻き回すの得意なんだ。なんつったっけ、タマシイのヒダとかいうの。そこぐしゃっとして……」

「ユーリ！　蹴るのをやめろ。気が散るだろうが」

硬《かた》い椅子に腰《こし》を落ち着けたままで、ヴォルフラムは軽く両眼《りょうめ》を閉じていた。組んだ腕の中程で、人差し指が神経質そうに動いている。

おれは檻《おり》の中の狼《おおかみ》みたいに、落ち着きなくうろうろと歩き回る。

「操《あやつ》られてんだ。そうに決まってる。でなきゃコンラッドがおれを裏切るはずがない」

村田は眉間《みけん》の皺《しわ》をどうにか戻そうとしていた。

「見たところ誰かにコントロールされてる様子はないね。それに、きみたちから聞いた話では、彼は左腕《ひだりうで》を失っているはずだけど」

そうだ。

あそこにいる、ほんの数分前に言葉を交《か》わしたコンラッドには、左右両方の腕があった。握《にぎ》った感触《かんしょく》も体温も、とても義手とは思えない。

けれど、おれはあの恐ろしい光景を覚えている。

狩《か》りの獲物《えもの》が空から落ちるような、肉が地面に転がる不吉《ふきつ》な音。指は握るように曲がったままで、肘《ひじ》の角度もごく自然だった。血は一滴《いってき》も流れておらず、こちらのほうこそまるで精巧《せいこう》な義手みたいだった。

守護者の背中は逆光で影《かげ》になっていたが、左肩から下はなかった。

「ぼくもこの目で確認した」

どうにか苛立《いらだ》ちを抑《おさ》えた口調で、ヴォルフラムも肯定《こうてい》する。

「コンラートの腕だったと思う。袖《そで》の飾《かざ》り釦《ボタン》があいつの物だった……これだ」

三男は上着の内ポケットに手を突《つ》っ込み、小さな粒《つぶ》を取りだした。丸く精巧な貝細工だ。元の色は乳白色だが、煤《すす》と高熱で黒ずんでいる。受け取ろうとした指が震《ふる》える。

「それ覚えてるよ……シャツの袖留めてたやつだろ?」

「そうだ」

「だとすると、ウェラー卿の左腕はまだ城にあるはずなんだろう? 僕等は小シマロンでもそれを見た。それで今、目の前にいる対戦相手にも、しっかり二本の腕がある……騙《だま》されてんのかな」

「騙すって?」

反射的に訊《き》き返すおれに、村田はあながち冗談《じょうだん》でもなさそうな調子で言った。

「一、最初から義手だった。二、斬《き》っても斬っても腕が生えてくる体質」

「生えて……なんか新種のミュータントみたいだな」

歩き回った挙げ句に自分の位置を決めたらしく、村田は扉《とびら》近くの壁に寄り掛《か》かった。かけていない眼鏡《めがね》を直したそうに、人差し指が顔の前で泳いだ。

「もしくは、三、あそこにいるのは本物のウェラー卿ではない、とか」

「偽物《にせもの》だっていうのか⁉ いやそれは違《ちが》うって。お前だって何となく判《わか》るだろ。生まれる前に会ってたって言うんならさ。あれは本物だよ、村田、絶対に本物だ」

「どうしてそう言い切れるんだ？」

だって決まってるだろ。

「おれがコンラッドを間違えるはずがない」

ヴォルフラムが頬《ほお》の筋肉を僅《わず》かに動かした。

「そうだろうな。ぼくもあれは兄だと思う」

兄って、今、兄って言ったか⁉

彼のほうがずっと冷静だが、時折、信じられないような単語を口にするので、こちらの心臓にはすこぶる悪い。

「だがそうだとしたら尚更《なおさら》、敵方につく理由が判らない。人間の血を半分引くとはいえ、ウェラー卿コンラートは魔族として生きると誓ったはずだ。私怨《しえん》に駆《か》られて同胞《どうほう》を裏切ったグランツとは違う。大戦時の非道な扱《あつか》いで溝《みぞ》があったにせよ、今になってユーリに……王に仇《あだ》なす道理がない。不思議なことに、腕《うで》もあるし」

「そうだよな。斬り落とされたんだ。大シマロンの兵士……らしき連中に。ここの国の奴等《やつら》が斬ったんだぞ。ギュンターを撃《う》ったのだって、この国の奴等だ。それ考えたらいくら父親の生まれ故郷で、先祖の住んでた土地だからって、普通《ふつう》シマロンの代表にはなれないだろう。そうなるとやっぱもう洗脳されたとしか……」

再会の感動は驚《おどろ》きを軽々と超《こ》えて、既《すで》に怒《いか》りになっている。

おれは自分の選んだ武器を握り締《し》め、再びフィールドに戻ろうとした。膝《ひざ》が震える。

「……ぶん殴《なぐ》ってくる」

「目ぇ覚まさせてやる！　おれがこの手で」

ヴォルフラムに腕を掴《つか》まれる。

「駄目《だめ》だユーリ。自分でも判っているだろう、お前の腕でコンラートにかなうわけがない。あいつのことだから恐らく手加減はするだろうが……もし自分自身でも制御《せいぎょ》できない状態だったら……やはり駄目だ。危険すぎる」

「危険とか言ってる場合じゃねーよ！　腕とかかなわないとかそういう問題じゃないんだって。コンラッドが誰《だれ》かの電波で操られてるなら、今すぐそれを断《た》ち切らなきゃなんないだろ。おれじゃない奴の命令に無理やり従わされてるなら、一分でも一秒でも早く解放しなきゃなんないだろ⁉　だってコンラッドは……」

「本当に操られてるんですかね」

それまでずっと黙《だま》り込んでいたヨザックがおもむろに口を開いた。

「本当に、無理やり従わされているんでしょうかね。間近で眼も見たし、言葉も交わしましたが、操られているようには思えなかった。ああ陛下、差し出がましい口をきいて申し訳ありません。オレにはですよ、オレには」

ヨザックはおれを見て謝った。怒《おこ》りたいんだか泣きたいんだか判らない顔をしていたのかもしれない。眉毛《まゆげ》が情けなく八の字になっている気がする。肩《かた》から力が抜《ぬ》けかけるのを堪《こら》えた。

「……自分の意志で裏切ったってことか？　じゃああんたはさ、コンラッドがおれたちに嫌気《いやけ》が差して、自分からシマロン兵になったって言うのか？」

「いえ、そういうことではなく」

「そんなこと言うなよー、そんな冷たいこと……一緒《いっしょ》に闘《たたか》ったんだろ？　何度も生死を共にした、信頼《しんらい》する戦友なんだろ。また彼の下で働きたいって、あんただってそう思ってるんだろ」

もちろん、それとこれとは話が別だ。

おれに危険が及《およ》ぶとなればヨザックは、たとえ相手が親友でも剣を向けるだろう。それが彼の義務だ。グリエ・ヨザックが忠誠を誓《ちか》う相手はウェラー卿《きょう》ではなく、眞魔《しんま》国の第二十七代魔王だ。王を護り、命に従う。

そして王は、おれだ。

臣下に、王を護る義務があるのと同様に、王には民《たみ》に対する責任がある。

おれには責任があるんだ。

「取り戻さないと」

取り戻さなくてはならない。ウェラー卿コンラートを。

魔族として生きると誓った男だ。

血ではなく、精神で。

「信じていいんだろうね」

ここにない何かを欲しがっている顔で、村田がヨザックにもう一度念を押す。

「幼馴染み《おさななじ》としての直感ってのを」

グリエ・ヨザックは傍ら《かたわ》の斧《おの》に指をかけ、柄《つか》を辿《たど》りながら頷《うなず》いた。

「操られているようには……オレには見えませんでした」

「う―ん、だったらいっそ安心なのか……ああもうっ、ミニすり鉢《ばち》とゴマがあればなあ！」

「なになにっ、ゴマでどんな秘術が⁉」

「違う、秘術じゃない。考えがまとまりやすいんだよ。あれでこう、ごーりごーりごーりごーりしてると、精神統一がしやすいっていうか」

思わず想像してしまった。心頭を滅却《めっきゃく》するために、様々な食材を粉末状にしていく大賢者様《だいけんじゃ》。

「何だよッ、よーく考えろよー、集中力は大事だよー？」

まさに天才の行動は判らない。ていうか、スリコギはなくてもいいんですか？

「よし、ここは彼の言葉を信じよう。ウェラー卿が操られていないなら、絶対にきみを傷つけることはないだろう。ま、打ち身捻挫《ねんざ》程度は怪我《けが》に数えないことにして。だったら一か八かキングを進めて勝負に出ようか」

趣味《しゅみ》の欄《らん》にチェスとか書いていそうな十六歳は、おれの肩越《かたご》しに対戦相手を見詰《みつ》めている。

「……誰が何と言おうと直接勝負しないと気が済まないんだろ、渋谷《しぶや》は」

「そのとおりデす」

不自然な丁寧語《ていねい》の返事を残し、諦《あきら》め気味の友人に背を向けて、おれは今度こそ一人で中央へ向かった。コンラッドは姿勢を崩《くず》さずに、さっきと同じ笑《え》みで迎《むか》えてくれる。

なんだよ、おれの味方でもないくせに。

「困った御方《おかた》だ、どうあっても、棄権《きけん》してはくださらないおつもりですか」

「しない。これで脳天ぶん殴って、目ェ覚まさせてくるって約束した」

「参ったな」

コンラッドはおれの装備に目を走らせる。腐《くさ》っても「王《おう》に金棒」だ。見た目の破壊《はかい》力はまずまずだろう。

「それで思い切りやられたら、頭蓋骨陥没《ずがいこつかんぼつ》は免《まぬか》れない」

「そうだ。しかもピンチになったら必殺技《わざ》をだすぞ。渾身《こんしん》の力をこめて股間《こかん》を蹴《け》り上げるからな。あんたも男なら、男らしく痛がれ」

経験のある衝撃《しょうげき》を想像したのか、コンラッドは一瞬《いっしゅん》、眉《まゆ》を顰《ひそ》めた。だが、すぐに元の表情に戻《もど》り、およそ場にそぐわない言葉を口にする。

「それでも俺は、手加減しますよ」

「おう！　手加減は一切《いっさい》無用、この際ガチで決着を……なに？」

耳を疑う決意表明に、おれは顎《あご》を突《つ》きだして問い返してしまった。

「なんだって？」

「聞こえませんでしたか。手加減します、手加減しますさぁ、テカゲンしまっせ……。頭の中でこのフレーズが回転する。

対戦相手は生死不明だった腹心の部下、泣くほど心配させておいての再登場が、敵方の格好いいラスボスキャラ。これまでの信頼関係と因縁《いんねん》に葛藤《かっとう》する二人をよそに、無慈悲《むじひ》にも今、闘いのゴングが鳴る！

……というお約束だが盛り上がるシチュエーションで、手加減すると言われた者がかつていただろうか、いやいない（反語）。普通はそこ「手加減はしません」って台詞《せりふ》がくるんじゃないの？　嘘《うそ》も方便って格言もあるくらいだし。二度も訊き返してしまった後では、するのかよ!?　の突っ込みも通用しない。

「全力で闘おうとか思わないもんかなぁ」

「まさか！　陛下に怪我でもさせようものなら、生きてここから帰れそうにないですからね。だからといって勝たせて差し上げるわけにもいきません。こちらも一応、大シマロン代表という立場ですから」

一瞬でも期待したおれが馬鹿《ばか》だった。己《おのれ》の卑《いや》しさが情けない。でもそれ以上にダメージを受けたのは、ウェラー卿が敵だと思い知らされたことだった。

彼は大シマロン代表として黄色と白の軍服を着ている。おれはカロリア代表で、ポケットから銀のマスクをはみ出させている。

あれほど会いたかったのに。

「……でも生きてる」

ともすれば俯《うつむ》きそうになる顔を上げ、おれは武器の柄を握《にぎ》り直した。金属バットに酷似《こくじ》したグリップは、すっかり掌《てのひら》に馴染《なじ》んでいる。

「生きててくれただけでも、嬉《うれ》しいよ」

「陛下」

「陛下って呼ぶな、名付け親」

聞き慣れた「そうでした」を遮《さえぎ》って、闘いに飢《う》えた男の声が響《ひび》く。

「待て！　その試合、ちょっと待った！」

相撲《すもう》にはそう詳《くわ》しくないおれだが、取組前に物言いがつくとは思わなかった。

薄暗《うすぐら》い敵方ベンチから、マッチョが新巻鮭背負《あらまきざけしょ》ってやって来る。全方向から投げかけられる松明《たいまつ》の光に、鋼《はがね》の凶器《きょうき》が輝《かがや》いた。

「アーダルベルト」

思わずアメフトマッチョと呼びそうになる厚い胸板《むないた》。まぶしい金髪《きんぱつ》とトルキッシュブルーの瞳《ひとみ》、少々左に傾《かたむ》いてはいるが、高く立派な鷲鼻《わしばな》。そしていかにも白人美形マッチョらしく、うっすらと割れた頑丈《がんじょう》な顎。

魔族を憎《にく》み、眞魔国の混乱を望む男、アーダルベルト・フォングランツは意味ありげな笑いで足を進めた。焦《じ》れったいほどゆっくりだが、彼の一歩ごとに会場はヒートアップする。第二試合の勝者を前にして、先程までの興奮が甦《よみがえ》ったのだろう。人々は拳《こぶし》を突き上げて、滅茶苦茶《めちゃくちゃ》なリズムで足を踏《ふ》み鳴らした。

「その勝負には、異議があるぜ！」

全観衆一斉《いっせい》に息の合った相槌《あいづち》。

「はあ？」

「この大会は、一発勝負！　インチキ武闘《ぶとう》会だったか⁉」

アーダルベルトが耳に右手を当てると、観客席から「Ｗｈａｔ⁉」の嵐《あらし》。この光景は深夜にテレビで目にしたことがあるぞ。

「勝ち抜き！　天下一武闘会だったはずだな⁉」

「はあ⁉」

はあ、はこっちだ。おいおいおい、国民全員ハルカマニアかっつーの。

アーダルベルトは面白《おもしろ》がるように審判《しんぱん》を指差し、同じ質問を繰《く》り返した。

「勝ち抜き！　天下一武闘会だったはずだな？　だったら二戦目の勝利者は、そのまま敵の三人目とやる権利があるってことだろ」

当然の如《ごと》く審判二人はあっさりと頷いた。

「そのとおり、勝者は引き続き先方の次の対戦者と闘《たたか》う権利を有する」

予期せぬトラブルがあったとはいえ、二戦目の勝者はヨザックではなくアーダルベルトだ。

そしてカロリア側の三人目は、おれ。

渋谷ユーリ史上最悪の「ちょっと待った」だった。

2

「ちょっと待った」

銀の混じった栗色《くりいろ》の短い髪《かみ》、口髭《くちひげ》も似合いそうな上品紳士《しんし》ファンファンことステファン・ファンバレンは、彼らしからぬ驚《おどろ》きの声をあげた。

「サイズモアさんとは、あの、海坊主《うみぼうず》恐《おそ》るべしとまで呼ばれた海の猛者《もさ》ですか⁉」

「些《いささ》かこそばゆーい気もするが、眞魔《しんま》国の海軍でサイズモアといえば自分と弟だけですな」

海坊主というのは頭髪の形状も指しているのだが、この際それは内緒《ないしょ》である。大きな体に似合わぬ照れ屋なサイズモアは、掌で頭頂部を軽く擦《こす》った。悲しいことに、もちろん地肌《じはだ》の手触《てざわ》りだ。

男と男の友情は、意外なきっかけで生まれるものだ。

全《すべ》ての海を股《また》にかける国際的商人とはいえ、所詮《しょせん》は旧敵国に籍《せき》を置く人間、迂闊《うかつ》に信用してはならない……といった先程までの緊張感《きんちょうかん》が嘘のようだ。

「ではあなたは我々一族の恩人ということになる。先の大戦で輸送船団が公海を通過したときに、シマロン軍艦《ぐんかん》に誤って撃沈《げきちん》されたのです。民間人に多くの犠牲者《ぎせいしゃ》をだした事故だが、私の祖母はあなたの艦に助けられたのですよ。当のシマロン艦は救助の義務を果たさず遁走《とんそう》してしまったのですが……まったくひどい話です。それ以降、祖母の名は『不沈《ふちん》のファンファン』として広まり、我々ファンバレン一族は厳しい海運競争を勝ち抜《ぬ》けたのです。祖母はファンシル・ファンバレンといいます。ジェファーソン・ファンバレンの妻でした」

どこの国にもそういう伝説はあるものだ。そして、ファンバレン家はどこまで遡《さかのぼ》ってもファンファンなのだろう。

サイズモアは、遠い記憶を探るような目をした。

「おお、あのときのご婦人が。これは奇遇《きぐう》だ、世の中というのは狭《せま》いものですなあ」

「任務を終えられたら是非《ぜひ》とも我《わ》が館《やかた》にお立ち寄りください。きっと祖母も喜ぶでしょう」

「ファンシル殿《どの》もご健勝で？　それは何よりだ」

「すっかり干涸《ひから》びた老女になってしまったと日々嘆《なげ》いておりますが。何度も聞かされた話からすると、サイズモアさんはまったくお変わりないご様子だ。髪型まで当時と同じにされているのですね。海の男のこだわりでしょうか」

「む……」

男と男の友情は、意外なきっかけで崩壊《ほうかい》するものである。

四年に一度開催《かいさい》されるシマロン領の祭典、知・速・技・総合競技、勝ち抜き！　天下一武闘会（略してテンカブ）の決勝戦の最中に、闘技《とうぎ》場に隣接《りんせつ》された大シマロンの神殿《しんでん》から、こっそり「箱」を盗《ぬす》み出してしまおう！　という大胆不敵《だいたんふてき》、ある意味無謀《むぼう》な作戦は、世代を超《こ》えた世間話を交えつつ続いていた。

眞魔国の先の女王陛下で、現在は愛の凄腕狩人《すごうでかりうど》であるフォンシュピッツヴェーグ卿《きょう》ツェツィーリエ様と、カロリアの委任統治者、故ノーマン・ギルビットの妻フリンは貴賓《きひん》席に残してきた。従って今はサイズモア、ファンファン、ダカスコス、無口なシュバリエを新たに加え男四人の気楽な道中だ。日頃《ひごろ》より積もりに積もった女房《にょうぼう》子供への愚痴《ぐち》、ひいては世の女性達に対する鬱憤《うっぷん》など、男同士で言いたい放題だ。

言いたい放題なのに……。

「ああ、ツェツィーリエ。あの方は素晴《すば》らしいですね、愛の女神《めがみ》のようだ」

なのに何故《なぜ》、ファンファンはツェリ様を賛美しているのだろう。

しかも相手は、女神様どころか、魔族である。

肉体的に比較的《ひかくてき》若いシュバリエとダカスコスは、飲物保冷箱を装《よそお》って緑色の布で覆《おお》った物を運んでいる。これを例の「箱」とすり替《か》えようというのだ。一方は最凶《さいきょう》最悪の最終兵器「風の終わり」で、一方は船旅の途中、素人《しろうと》の手で作られた日曜大工作品である。

考えれば考えるほど恐《おそ》ろしい作戦だ。

小心者のダカスコスは緊張《きんちょう》で頭皮が乾燥《かんそう》してきたが、他《ほか》の三人は平気な顔をしている。特に人間のファンファンは、危険に慣れた軍人でさえなく、何不自由なく生きてきた豪商《ごうしょう》であるはずなのに、緊張の欠片《かけら》も見られない。口を開けば麗《うるわ》しの恋人《こいびと》のことばかりだ。

賞賛すべきはこの役に立つ男を虜《とりこ》にしている、愛の狩人ツェツィーリエの凄腕ぶりだろう。

「これまでの人生には、あのように美しく純粋《じゅんすい》で、英知と慈愛《じあい》に満ちあふれた方は存在しなかった。生まれて初めて真実の愛を知った想《おも》いです。巡《めぐ》り会うのが少々遅《おく》れはしましたが、私は運のいい男ですね」

ツェリ様はもう、運命の相手が四人目だ。

「魔族のご婦人方はそれは美しい方が多いと聞きましたが、私は彼女は誰《だれ》よりも美しいと思うのです。しかし、そう申し上げているにもかかわらず、あの方はご自分の他にも美しい方がいると仰《おっしゃ》る……あの薔薇《ばら》の蕾《つぼみ》のような唇《くちびる》から、謙遜《けんそん》の言葉など聞かされると、我慢《がまん》ならず塞《ふさ》いでしまいます。なんという心根の清らかなひとだろう。どこまでも謙虚《けんきょ》で驕《おご》りを知らぬ永遠の乙《おと》女《め》です」

ファンファン節が大炸裂《さくれつ》だ。サイズモアの右半身に、音を立てて蕁麻疹《じんましん》が広がった。よくよく聞くととても謙虚とは思えないところが、さすがに自由恋愛《れんあい》党党首である。

「お国であの方と並び称《しょう》されるご婦人方のお名前もお聞きしましたよ。なんでもお一人は畏怖《いふ》と尊敬をこめて、栄誉《えいよ》ある称号で呼ばれてらっしゃるとか。赤い悪魔や、眞魔国三大悪夢……毒女アニシナとは、それだけ魅了《みりょう》される男達が多いのでしょうな」

ダカスコスは溢《あふ》れる涙《なみだ》を堪《こら》えきれなくなった。

報者だ」

違《ちが》う違う。毒女、読んで字の如しだ。

「文学的才能も自立心も素晴らしいそうですね。そういうご婦人と結ばれ、娶《めと》る男は本当に果報者だ」

フォンカーベルニコフ卿アニシナ嬢《じょう》と結ばれ……というよりむしろ縛《しば》られている状態のグウェンダル閣下が、どことなく幸薄《さちうす》そうに見えるのは気のせいだろうか。赤い悪魔の悪行を知らぬサイズモアは、そうですかな、などとボケている。

「もうお一方は……残念ながら早くに亡《な》くなられたそうですが……。ギュンターという方が繰《く》り上がりで三大美形になられたと聞きましたよ。どんな女性ですか？　まあたとえどのような美女であろうとも、私の春風、黄金の妖精《ようせい》とは較《くら》べるべくもありませんが。全身の毛を剃《そ》る寺院に修行に向かったり、覆面《ふくめん》で外出したりと奇行《きこう》も多い方のようですねえ」

嗚呼《ああ》ギュンター閣下、海外でまでネタにされています。ダカスコスは溢れる涙を止めることができなかった。神殿内の埃《ほこり》にやられたのか、今度は鼻水まで流れてきた。

「その亡くなられた方は、ツェツィーリエのお子さんと懇意《こんい》だったようですね」

子持ちだという事実まで正直に打ち明けているのかと、魔族二人は密《ひそ》かに感心した。それでもこうしてシマロン有数の豪商を虜にしているのだから、やはり超《ちょう》凄腕狩人だ。

前王の息子《むすこ》と眞魔国三大美女の関係など、ダカスコスは耳にしたこともない話だったので、口を挟《はさ》まないことに決めた。だが年長で軍人としての地位もそこそこのサイズモアは、元王子殿下《でんか》達とも多少は面識がある。その内の一人、金髪《きんぱつ》の三男坊《ぼう》とは、ほんの数日前まで行動を共にしていたのだ。三人の内の誰かがフォンウィンコット卿スザナ・ジュリアと親しかったとは終《つい》ぞ聞いたことがなかった。

「いや、スザナ・ジュリア殿はフォングランツ家のアーダルベルト閣下と婚約《こんやく》されていたと記《き》憶《おく》しておるのだが……一体誰と、そのような噂《うわさ》が」

「噂というか、こちらが事実かもしれませんね。次男のコンラート殿とスザナ・ジュリアさんは、あのまま戦《いくさ》が明ければいずれは結ばれていたろうと、母親であるツェリ様が言うのですから」

「なに⁉　ウェラー卿コンラート閣下とスザナ・ジュリア殿が⁉」

戦前戦中の武人としての自信に溢れたウェラー卿と、ここ数年の穏《おだ》やかで人好きのする彼。両方並べて想像してみる。どちらも嫉妬《しっと》するほどもてそうだったが、他人の恋人を奪《うば》いそうな雰囲気《ふんいき》ではない。

「……あのコンラート閣下とスザナ・ジュリア殿が……うーむ、人は見かけによらぬものですなあ」

「国内では広く知られていなかったのですか？　私などそれを聞いて少々興奮したものですよ。久々に大物婚姻《こんいん》の予感とでもいいますか」

「はあ」

はて、何故そんな異国の醜聞《しゅうぶん》に夢中になれるのか。サイズモアにはさっぱり理解できなかった。他人の恋愛模様を想像して興奮しているのだとしたら、非常に破廉恥《はれんち》でけしからん話ではある。

「名前を聞いてすぐにぴんときましたよ。ご存知でしょう、コンラート殿の父親の名前を。あのダンヒーリー・ウェラーです」

「はあ、ルッテンベルクの初代本領主ですなあ」

「ああお国での地位はそうなのでしょうが……我々、土地の者からしますと、ダンヒーリー・ウェラーは伝説の男なのです」

「はあ、さぞやご婦人方に慕《した》われたのでしょうなあ」

大きな蕪《かぶ》でも引っこ抜いたのだろうか。愛といえば師弟《してい》愛、男女の恋より男の友情、世界の海は俺の海的な人生を送ってきたサイズモアにとって、色っぽい伝説など正直どうでもよかった。ファンバレンは若者でも諭《さと》すような目を、はるかに年嵩《としかさ》の魔族に向けた。

「今度は色恋の話ではありません。グレン・ゴードン・ウェラーの息子ダンヒーリー・ウェラーは、大陸の歴史で名高い三人の王の末裔《まつえい》として最後に名を残した人物です。彼が腕《うで》に二本の刺青《いれずみ》を彫《ほ》られ、シマロンを追放された後、公《おおやけ》にはその血は途《と》絶《だ》えたとされているのですよ。もちろん海の向こうで子を成したという風の報《しら》せや、出自を隠して一度は大陸に戻《もど》ったなどという、不確《かく》かな噂は流れていましたがね。いずれにせよ、土地の者には確かめようもないことです。ダンヒーリー・ウェラーを恐れるシマロン王室は彼の動向を把握《はあく》していたでしょうけれどもね」

「ウェラー卿のお父上が王の血族ですと!? 果たしてツェリ様はそのような方とご存知だったのであろうか」

「いえ、王といっても些《いささ》か特殊《とくしゅ》な立場なのですが……ダンヒーリー・ウェラーがこの呼び名しか名乗らなかった場合、お気づきにはならなかったやもしれません。彼等は名を変え、囚《とら》われ人として生きることを強《し》いられてきた。ウェラーは元の姓《せい》の一部でしかない。しかしその伝説の人物が魔族との間に息子をもうけ、更《さら》に彼《か》の人がスザナ・ジュリア殿《どの》、つまりウィンコットの末裔と結ばれるとなれば……」

「……なれば？」

サイズモアは生唾《なまつば》を飲み込んだ。きっと恐ろしいことが起こるに違いない。海が赤く染まるとか、みるみるうちに海水が沸騰《ふっとう》するとか。あくまでも海のことしか考えられない男だ。

「国が揺《ゆ》らぎます」

「え、海は？」

死にますか。

ステファン・ファンバレンは取引相手に効果絶大の、不沈《ふちん》のファンファン笑顔《えがお》でこともなげに答えてくれた。

「海はいつも揺れているじゃないですか」

その時、階下と闘技場《とうぎじょう》から凄《すさ》まじい歓声《かんせい》が轟《とどろ》いてきて、彼等の会話を遮《さえぎ》った。まさか当の本人であるウェラー卿《きょう》コンラートが、三人目の戦士として登場しているとは知る由《よし》もない。更に彼が忠誠を誓《ちか》った新しい主《あるじ》と対峙《たいじ》し、その上、ちょっと待ったまでかけられているとはつゆ知らなかった。

「ウィンコット家は古《いにしえ》の昔に大陸南端《なんたん》を治めていました。創主達との闘《たたか》いが表面化するまでは、民《たみ》にもよく好かれ尊ばれた治世者だったと、どの書物を見ても記載《きさい》されています。そのウィンコットの末裔と、三人の王の血を最後に伝える者ですよ。二人の間にお子が生まれれば、地下で燻《くすぶ》り続ける反シマロン勢力にとっては、これ以上は望むべくもないような、絶好の反撃《はんげき》の旗《はた》頭《がしら》となる。ですから……私ももしやと想像を巡らせて、少しばかり興奮してしまったのですよ。どうです、すごい大物でしょう」

ウェラー卿コンラート閣下とフォンウィンコット卿スザナ・ジュリア殿が結婚《けっこん》して、生まれた子供が反シマロン勢力の旗頭となるだと？

考えることといえば本日は時化《しけ》か凪《なぎ》かばかりの海の男は、途中《とちゅう》でついていけなくなってしまった。沈黙《ちんもく》を同意と判断したのか、ファンファンは上機嫌《じょうきげん》で話を続ける。

「しかも大陸随一《ずいいち》の伊達男《だておとこ》と謳《うた》われたグレン・ゴードン・ウェラーの孫《まご》と、眞魔国《しんまこく》三大美女のお一人というご夫婦であれば、さぞや見目も麗《うるわ》しく、あらゆる面で秀《ひい》でたお子を授《さず》かったことでしょうに」

「あの——……」

箱の後ろ部分を持っていたダカスコスが、遠慮《えんりょ》がちに口を開いた。

「それは眞魔国三大美女、ではなくて、眞魔国三大魔女の間違《まちが》いではないでしょうか」

愛の虜《とりこ》は聞いちゃいない。話題はもう、次の美人へとうつっている。

「しかし、新しい陛下が就任されて、皆《みな》の美的観念が根底から覆《くつがえ》されたとか。そうまで聞くと一目お会いしたいものです」

「はあ、恐《おそ》らく今まさに下の闘技場で闘ってらっしゃる最中かと」

「何ですって？　それはまた勇ましき女王でいらっしゃる。まあ私の恋《こい》した鈴《すず》の声持つ黄金の小鳥には、とても及《およ》ぶべくも……」

サイズモアは右半身を血が出るほど掻《か》きむしりたくなり、ダカスコスはいつか女房《にょうぼう》をおだてるのに使おうと、心の中の美辞麗句《びじれいく》集に書き留めた。「お前って鈴虫《すずむし》で黄金虫《こがねむし》だな」……繁殖《はんしょく》期には要注意だ。

狭《せま》い階段を二度登り、関係者以外立ち入り禁止の最上階へと辿《たど》り着いた。ここまで来るまでに三人の見張りに酒を渡《わた》し、四人の兵士に金を握《にぎ》らせた。男気と忠義を見せた残りの二人には、申し訳ないが痛い目に遭《あ》ってもらった。

「段々と倉庫のようになってきましたが、こんな場所に本当にあの箱が？」

「まさか。今までの警備が厳重だったといえますか。手荒《てあら》なことをお願いするのは、ここから先の区画ですよ」

サイズモアはカビくさい空気に鼻をひくつかせた。

「しかしもうこの上の階はないような気が……」

「もちろんです。だから、ほら」

ファンファンは角で足を止め、突《つ》き当たりの小さな扉《とびら》を俗《ぞく》っぽく親指で差した。民家の玄関《げんかん》のようなありきたりな通用口に、五人もの男が張りついている。

あからさまだ。

「あそこから下るのですよ。宝物庫は地下です。実に様々な珍品《ちんぴん》が拝めますよ、それはもう、この世のありとあらゆる珍品が」

最上階から地下まで階段で行くのか、という恨《うら》みがましい溜《た》め息はなしだ。

「渋谷!」

「ユーリ!」

金盥《かなダライ》の落ちてくる音がした。

「陛下！」

フルネームでのご指名ありがとう。

ぎょっとして自軍のベンチを顧《かえり》みると、天井《てんじょう》から下りてきた鉄格子《てつごうし》がグラウンドとダグアウトを完全に隔《へだ》てていた。味方の三人が太い格子にしがみついて叫《さけ》んでいる。

「なんでうちのチームだけ檻《おり》に閉じこめられてんだよ⁉」

素敵《すてき》な髪型《かみがた》の審判《しんぱん》は、両腕《りょううで》を腰《こし》に当てて威厳《いげん》を保とうとしている。

「乱入されては困るからな」

「不公平だろ、だったらあっちも……」

敵側から突っ走ってくる者はいなかった。考えてみれば大シマロン側のベンチには、まさかの敗北に茫然自失《ぼうぜんじしつ》のシマロン兵が一人いるだけだ。逆に自陣《じじん》の仲間達はというと、頑丈《がんじょう》な格子を揺さぶって、声の限りに叫んでいる。

「陛下、バカなこと考えずに戻ってきてください」

「そうだぞユーリ、ばかなことは考えるな！」

「渋谷、馬鹿《ばか》な考え休むに似たりっていうじゃないか」

「……みんな失礼だぞ、まるでおれが本当のバカみたいじゃ……うわはぁっ、うわっ」

いきなり足の下の地面が揺れて、極々《ごくごく》狭い円形の部分がせり上がり始めた。ちょうど相撲《すもう》の土俵くらいの広さだろうか。すぐ隣《となり》にいたコンラッドが外れているのに、数メートルは離《はな》れていたアーダルベルトは同じ舞台《ぶたい》の上だ。二人組のうち髭《ひげ》の剃《そ》り跡《あと》の濃《こ》いほうの審判が、おれたちと一緒《いっしょ》に乗っている。

恐らく彼が決勝戦を裁く立行司《たてぎょうじ》なのだろう。

僅《わず》か一歩で乗り損ねたコンラッドが、飛び移ろうと舞台に手を伸《の》ばす。指が届くというところで、地上に残った審判が彼の制服を引っ張った。

「離せ！」

「そうはいかんよ。あの戦士の主張は理に適《かな》っている。大シマロンの二人目とカロリアの三人目で雌雄《しゆう》を決するのが正しいだろう。規則に則《のっと》って決勝を進行させてこそ、我々、国際特急審判の評価も高まる」

「だが、あいつと陛下をやらせたら、傷付くどころか……」

無表情な公式審判員を振《ふ》り払《はら》い、コンラッドは早くも頭上を越《こ》える高さのおれを見上げた。

「……殺されてしまう……ユーリ、手を」

「どちらかが戦闘《せんとう》不能になるまで闘うのが、この決勝戦の規則だ。結果として戦士のいずれかが命を落とそうとも、実行委員会及び審判部としては何ら問題にはしない」

非常に寝《ね》覚めの悪そうな発言だ。

確かにアメフトマッチョは強敵だ。だが一つだけ、コンラッドと対戦するより気楽な点がある。何の遠慮もなく必殺技《わざ》が繰《く》り出せるのだ。

「よーしこい！　この黄金の左脚《ひだりあし》にすべてを賭《か》ける」

「勇ましいな、勝つ気でいるのか」

「勝てるかどうかは別にしても、一矢《いっし》報《むく》いるくらいはできるはずだ。金髪《きんぱつ》マッチョのあんたにだって、全男性共通の弱点があるもんな！」

「ああ、そういやぁ」

アーダルベルトは股間《こかん》に手をやって、男らしく拳《こぶし》で叩《たた》いてみせた。

いい音がした。

「戦闘時は防護具を装着する主義だ」

「ナニー!?」

話が違う。

檻の向こうで村田が叫んでいる。これまでの彼みたいに冷静でものどかでもなく、おれの不安はいっそう掻き立てられた。

「渋谷ーっ！　もういい、いいから早く棄権《きけん》しろっ、あまりにリスクが高すぎるっ」

賢《かしこ》い友人のもっともなアドバイスの間にも、舞台は止まらず上昇《じょうしょう》してゆく。

格《かく》ゲーでは女の子キャラ使い、剣道《けんどう》経験は体育の授業で数時間のおれが、目の前の戦闘筋肉と互角《ごかく》に戦えるわけがない。ビッグ・ショー対《VS》フナキみたいに、リングに叩きつけられて終わりだろう。それどころか一歩でも足を踏《ふ》み外せば、たちまち転落してしまう。横目で高さを確《かく》認《にん》すると、三階くらいはゆうにある。

アーダルベルトの凶刃《きょうじん》に倒《たお》れるのが先か、落下してゲームオーバーになるのが先か。

「主審《しゅしん》、ちょーっとお話が」

「何か」

「ひ……」

非常事態なので棄権させていただきたい。この一言が、舌のすぐ近くまで上がってきている。

アーダルベルトがおいおいという顔をした。

「どうしたよカロリア代表。つまらねぇ結果で終わらすつもりじゃねーだろうな、えぇ？こっちはお前さんを男と見込んで、正々堂々と勝負しようって提案してるんだぜ。女みたいに簡単に怖《お》じ気《け》づいて、大人をがっかりさせるもんじゃないよ」

少しだけ頭に血が上り、危《あや》うく言い返しそうになる。待て待て、のせられるな。おれに冷静さを失わせて、ボコボコにしようって作戦だ。寧《むし》ろああいう発言をする奴《やつ》こそ、いつかアニシナさんに叩きのめされるべきなのだ。

確かにおれはカロリア代表だが、もうノーマン・ギルビットとしての義務は果たしたろう。民衆の皆《みな》さんも納得《なっとく》して温かく迎《むか》えてくれるに違いない。港で見送ってくれたカロリアの子供達にも、頑張《がんば》りましたと報告できる。惜《お》しくも決勝戦で破れはしたが、全力を尽《つ》くしたと胸を張って…………本当に言えるんだろうか？

「心配するなユーリ、この件に関してはお前をへなちょこと呼ばないことにする！」

「渋谷、彼氏もこう言ってるぞー。誰《だれ》もきみを責めないと約束するし、帰ってきたらカツ丼《どん》とってやる。だから早く棄権してくれ。きみはもう充分《じゅうぶん》に闘《たたか》った！」

そう、おれはもう充分に……。

充分に、闘ったかな？

湧《わ》き上がってきた疑問には、自分で答えてやるしかない。充分どころかまったく戦っていない。このままでは明らかに不戦敗だ。苦手な漢文調に並べ替《か》えると「戦わずして破れる」だ。

「主審、ひ……」

ミスター剃り跡青々ジャッジは、続く言葉を待っている。簡単だ、こう言えばいい。非常事態なので、棄権させて、いただき、たい。だが口から出てきたのは、どこかで聞いたようなモーニングチェックだった。

「……ヒゲ剃り、何を使ってます？」

「は？　普通《ふつう》の、軍支給の物だが」

おれは土俵についていた膝《ひざ》を徐々《じょじょ》に離し、高所にゆっくりと立ち上がった。頬《ほお》に当たる雪混じりの風が、さっきより数度は冷たかった。

アーダルベルトが唇《くちびる》を皮肉っぽく歪《ゆが》める。

「気が変わったか」

「気が変わったわけじゃない。単に覚悟《かくご》が決まっただけだ」

ここで全力を尽くさなかったら、胸を張って子供達の元へ帰れないだろう。

「男には負けると判《わか》っていても、闘わなければならないときがあるんだ！　あーえーともちろん、女子にもあります」

フォンカーベルニコフ卿《きょう》の恐怖《きょうふ》教育の成果は、こんなところでも発揮されている。

「それにまだ負けると決まったわけじゃないしなッ。土俵の上では何が起こっても不思議じゃない。柔《じゅう》よく剛《ごう》を制すっていうだろう！」

「渋谷それは相撲じゃなくて柔道だよーっ」

しまった、早くも襤褸《ぼろ》が出まくっている。

カロリア側とコンラッドの気持ちをよそに、会場中は更《さら》なる熱気に包まれた。落ちてくる雪が観客に届く前に、空中で溶《と》けて消えるほどだ。

フォングランツ・アーダルベルトは、肩《かた》に担《かつ》いでいた重量級の剣《けん》を下ろした。四方八方で燃え盛る松明《たいまつ》が、太く長い鋼《はがね》を凶悪《きょうあく》に光らせる。おれは利《き》き腕《うで》に持った金属バットを、景気づけにぶんぶん回してみた。バントくらいはできそうな気がしてきた。何をしているのか声を弾《はず》ませながら、コンラッドが地上で叫《さけ》んでいる。

「陛下ッ、どうか無謀《むぼう》なことはおやめください。剣では奴に太刀打《たちう》ちできない」

「あんたの口からだけは聞きたくなかったよ！　ほんとに洗脳されてるんじゃないの」

観衆が同時に息を呑《の》んだ。一瞬《いっしゅん》、場内が静まり返る。アーダルベルトが目にも留まらぬ速さで踏み込んで、巨大《きょだい》な剣の切っ先をおれに突《つ》きつけたのだ。咄嗟《とっさ》に身体《からだ》を左に倒す。右頰に鋭《するど》い風が当たり、刃《やいば》がそこを過ぎたのだと知った。

バランスを崩《くず》して片膝をつく。反転させ斜《なな》めに斬《き》り上げようとする剣の動きを、両手で握《にぎ》った棍棒《こんぼう》で止めた。

奇跡《きせき》だ。

たちまち十本の指が痺《しび》れる。衝撃《しょうげき》は手首から肘《ひじ》に伝わり、それだけで肩の関節がずれそうだった。耳障《みみざわ》りな金属音と共に、微《かす》かな焦《こ》げ臭《くさ》さが鼻をつく。

「生き延びたな」

「お陰《かげ》さんでね」

すぐ近く、ほんの三十センチくらいの場所に、アーダルベルトの青い瞳《ひとみ》があった。眼《め》だけは笑っていないナイジェル・ワイズ・マキシーンと違《ちが》って、彼は瞳孔《どうこう》の奥まで笑っている。新巻《あらまき》鮭《ざけ》でおれを叩きのめすのを、心の底から楽しんでいるのだ。

「このままお前さんが帰らなかったら、国の連中はどんな顔をすると思う？　人間の地で若き王を殺されちゃあ、魔族としても面目がたたないよなあ？」

背筋を冷たい汗《あせ》が流れた。求められていることを痛感した。多分フォングランツが求めているのは、おれの死だ。おれの死による眞魔《しんま》国の混乱だ。そのためになら旧敵国シマロンにも荷《か》担《たん》する。人間の支配者にも従う。

「……そんな望みは叶《かな》えてやれないね！」

渾身《こんしん》の力をこめて剣先を跳《は》ね返した。ワンアクションで二歩半後退し、踵《かかと》の後ろに地面がないのに気付く。危ないところだった、空中舞台《ぶたい》だというのを忘れてはならない。

「おっと、自滅《じめつ》してくれるなよ。お互《たが》い、つまらん結果にゃしたかねぇだろ」

「そんなこと言って、実は落ちてくれるの待ちなんじゃないのか？　誰だって自分の手を汚《よご》すのは嫌《いや》だもんな！」

味方の誰かがキれた声をあげている。敵を挑発《ちょうはつ》してどうするんだと聞こえた。

放っといてくれ、実行できる数少ない作戦の一つなんだ。打者の気に障ることを話しかけてみたり、夕食の献立《こんだて》を羅列《られつ》して集中力を途切《とぎ》れさせてみたり。ただし、草野球選手以外に通用するかどうかは、試《ため》していないから不明だが。

「ところで、昨日の夕食何だった？」

「……肉か」

質問と同時に突っ込んだ。積極的に攻撃《こうげき》を仕掛《しか》けてみたのだ。当然のごとく棍棒の一撃は跳《は》ね返され、そのままラリーに突入《とつにゅう》する。

「ちくしょっ、おれたちよりっ、いいもん食って、やがんなっ」

「暫定《ざんてい》とはいえ王のくせに、こんな土地まで遠征《えんせい》してきやがるからだろッ。お城の暖かい部屋にいれば、美味《うま》い肉も上等な酒も食い放題だろうにッ」

村田が焦《じ》れて叫んでいる。語尾《ごび》が上擦《うわず》って掠《かす》れていた。

「あーっ渋谷、右、右。そうじゃない左ーっ！」

悪いけどその指示は実行不可能。だったらいっそお前が操縦しろ。

視界の端《はし》に行司の姿が入った。危険な高所にもかかわらず、男は何度も跳《と》びすさって選手から逃《のが》れている。さすがに国際特急審判員《しんぱんいん》、髭剃《ひげそ》り跡《あと》同様に見事なものだ。だが、一瞬でも余分なものを目で追ってしまったために、敵の薙《な》ぎ払《はら》う剣先を見失う。

ちょうど胸の高さを一文字に、銀に輝《かがや》く巨大《きょだい》な刃が通過した。

すぐ傍《そば》に居るわけでもないのに、四人の小さな悲鳴が聞こえた気がした。

「……うお、っとォ」

斬れてなーい。

新しく始まった振動《しんどう》のお陰で、両足のバランスを崩していたのだ。尻餅《しりもち》をついたおれの鼻先を、銀の軌道《きどう》が過ぎていった。脹《ふく》ら脛《はぎ》に力を入れワンステップで立ち上がるが、今度の揺《ゆ》れはすぐには止《や》まなかった。

おれを取り囲む環境《かんきょう》は四面どころか七十二面楚歌《そか》くらいで、どの方向も拳振《こぶしふ》り上げ野次る客の茶色の脳天ばかりだった。だから最初は気付かなかったのだが、振動の続く中で見回すと、周囲がゆっくりと移動していた。

「動いてる……客が回ってる？」

回転しているのはスタンドの観客ではなく、こちらだった。

おれたちを乗せた空中舞台は、秒針の速さで動いていた。なんということでしょう、高いばかりで危なかった土俵は、回り舞台へと姿を変えていたのです！　空間の匠《たくみ》の仕業《しわざ》だろうか。

「おいおいおいおいおい、回ってる、回ってる、回ってるよ！　中坊《ちゅうぼう》の頃《ころ》にこういうベッドを夢みてたけど、野郎二人で乗ることになるとは思わなかったよ……」

いくら最終戦だからって、随分悪趣味《ずいぶんあくしゅみ》な演出だ。あらゆる角度から見られて客は楽しいだろうが、乗ってるほうは高くて狭《せま》くて目が回る。幸いなことにアーダルベルトも膝をつき、眉《まゆ》を顰《ひそ》めて黙《だま》り込んでいる。視線が合うと小さく舌打ちをして、武器を杖《つえ》がわりに立ち上がった。

どうやら足元がふらつくようだ。

「どうした、顔色が悪いぞ」

「……そっちもだろうが」

ところがどっこい、おれは回転に強い。中学野球部員時代初めの二年間は、毎日のようにデコバットを強《し》いられていたのだ。立てたバットのグリップエンドを額に当てて、屈《かが》んだまま周りを十周する。直後には前方に歩こうとしても、思うようには動けない。今でも、あれのどこがどのように訓練だったのかは判らない。もしかして先輩《せんぱい》連中に遊ばれていたのか？

「デコバット後にフリースロー決められたのは、後にも先にもおれだけだったんだぜ」

この場の誰《だれ》にも理解できない自慢《じまん》だ。

おれは金属バットで足を払い、本日初めて自分の手で敵を転ばせた。金髪《きんぱつ》美形筋肉戦士が尻餅をつき、起きあがろうと両手を地面につく。そこに踏《ふ》み込んで武器を振り下ろせば、勝負は一瞬でつくはずだ。

ただ二歩半軽くスキップして、敵の脳天目がけて棍棒を振るえばいい。それで終わりだ。それでおれの勝ちだ！　脳味噌《のうみそ》の少しくらい飛び散るかもしれないが、そんなのは服を着替えればOKだ。棍棒ってのはそういう武器だ。あまり融通《ゆうずう》の利く道具ではない。ヴォルフラムの忠告に従って、剣を選んでおくべきだった。刃を突きつけるだけでギブアップの言葉を引き出せたのに。

瞬間的にそこまで考えたが、バットを振りかぶった姿勢で敵の正面に立つ。これを下ろせば全《すべ》てが終わる。いや、脳天かち割らなくとも、寸前で止めるだけで勝利と呼ばれるだろう。寸止めで……。

「……いっ」

迷いを読まれたのかつけ込まれたのか、アーダルベルトは自由な足でおれの爪先《つまさき》を思い切り蹴《け》った。声にならない悲鳴で前に倒《たお》れ込む。そのまま首をホールドされ、喉元《のどもと》に冷たい金属が当たる。

「積極的でありがたいね。フラフラしてるオレのために、そっちから飛び込んできてくれるなんて」

「い、てェ」

「だろうな。血が出てるからな」

全身の筋肉が緊張《きんちょう》した。刃があるのはちょうど顎《あご》の下だ。人間はここを斬られたらどうなるのか。頸動脈《けいどうみゃく》と気管とではどちらが早く楽に死に至る？

自分の武器を放りだした指で、アーダルベルトを引き離《はな》そうとした。だが、首にがっちり食い込んだ腕には、握力《あくりょく》五十台では通用しなかった。

背中には男の胸と腹の体温があるが、前には吹《ふ》きつける雪風しかない。こんな逼迫《ひっぱく》した事態だというのに、両側の温度差に風邪《かぜ》でもひきそうだった。おれは舞台の端、ぎりぎりの崖《がけ》っぷちまで運ばれていたので、足の下には何もない。

「落とすこともできるんだぜ」

最初は両足をばたつかせていたが、その言葉ですぐにやめた。ただもう、息が苦しくて喉元が熱い。タップしようにも手がうまく動かないし、喉が乾燥《かんそう》して声も出ない。

舞台がゆっくりと回転し、自軍のベンチが視界に入ってきた。ヴォルフも村田もヨザックも、折らんばかりに鉄格子《てつごうし》を摑《つか》んで叫《さけ》んでいる。歯医者のマシンみたいな耳鳴りがして、言っていることが聞き取れない。

そう、耳鳴りだ。この不快な金属音に覚えがある。すぐ後にトランスが待ち受けているので

はなかったか。もっと意識が白濁《はくだく》すれば、あの、世にも美しい女性の声が聞けて、人伝《ひとづて》に聞く無敵モードスイッチが入るはずだ。もう少し、もう少し辛抱《しんぼう》すれば……。

「陛下！」

コンラッドだ。彼らしくない切羽詰《せっぱつ》まった声。

「お願いだ、早くギブアップしてください！　アーダルベルトは本当にやりかねない、あなたの命を奪《うば》いかねないんだ」

言葉が出れば、あるいは魔力《まりょく》が皆無《かいむ》だったら、おれだってとっくにそうしている。だが、今までも窮地《きゅうち》に陥《おちい》ればあのひとが囁《ささや》きかけてくれて、おれの中の得体の知れない存在を引き出してくれた。まだ、どうにかなるかもしれない。まだ、逆転、できるかも、しれない。

だが、いつまでたっても、その瞬間《しゅんかん》は、訪《おとず》れない。

「これでは続行不能だろうな」

最早《もはや》おれの耳には届かないと思ったのか、アーダルベルトが掠れるほど低く呟《つぶや》いた。

ここで堕《お》ちたら、これまでの苦労はどうなるんだ、すべて水の泡《あわ》なのか。カロリア代表としての要望も聞き届けられず、諸悪の根元である「箱」も取り戻《もど》せない。これで終わりだ。ここで終わり。

おれは天の中央を見詰めて声を振り絞《しぼ》った。掠れて音にも言葉にもなりやしない。それでも雪か星か判《わか》らない結晶《けっしょう》に、無数に降る白い光に向かって叫んだ。

お願いだ、今すぐあの力が使いたい！　今だ、今だ、今、ここで、この勝負に勝ちたい！

それでもやはり、あの女性の囁きは聞こえない。だが、苦しさに紛《まぎ》れてふと地上に落とした視線の先には、自分と同じ二つの瞳《ひとみ》があった。

気付いた村田が「駄目《だめ》だ」と短く呟き、慌《あわ》てておれから顔を背《そむ》ける。

「駄目だ渋谷、危険すぎ……」

危険なのはどっちだ？　おれか、それとも闘技場《とうぎ》中の人間か。

すっと吸い込まれるように黒が大きくなり、周囲は闇《やみ》に包まれた。顔と胸と腿《もも》を、切るような風が撫《な》でる。肉体が耐《た》えられないようなスピードで、真っ暗なトンネルに一直線に突《つ》っ込んでいくみたいだった。

白く気怠《けだる》く靄《もや》のかかった闇とは違《ちが》う。リズムのいい音楽も聞こえない。

3

押しても引いても鉄格子はビクともしなかった。

ここからではとても届かないだろうが、それでも構わず村田は友人の名を呼んだ。

「渋谷ッ！　駄目だ、危険すぎる、早く気づけーっ！」

「何だ、何が駄目なんだ？」

フォンビーレフェルト卿《きょう》は村田よりかなり冷静で、特に取り乱してはいないようだ。ユーリの爆裂魔術《ばくれつまじゅつ》に何度も遭遇《そうぐう》しているので、多少は免疫《めんえき》ができているのだろう。

「いつもの上様形態だろう。確かに強大で……傍迷惑《はためいわく》な魔術だが、しばらく物陰《ものかげ》でじっとしていれば、そのうち自然と正気に戻る。倒れた後の疲労困憊《ひろうこんぱい》ぶりは不安だが、その症状《しょうじょう》ともこれまでどうにか折り合いをつけてきている。言ってみれば小規模な台風みたいなものだ。ぼくらが大騒《おおさわ》ぎすることでもないだろうに」

「そうじゃない、これまでとは違うんだ」

ヴォルフラムは母親似の顔を曇《くも》らせ、舞台《ぶたい》に立つユーリと村田を交互《こうご》に見比べた。

「どこか違うか？」

「とにかく違うんだ、魔力の質や条件が異なるんだよ……まず、彼はもう随分《ずいぶん》長いこと地球に戻っていない。これまでもそういうことはあっただろうが、戻らないまま何度も魔力を使い続けてはいないはずだ。それから、きみも見たろう？　船で。まるで渋谷らしくないことを言ってたじゃないか……僕はあれが不安なんだ……何か止めようのないことが、渋谷の中で起こってなければいいんだが……それに」

「猊下《げいか》、壊《こわ》しますか？」

村田の焦燥《しょうそう》を見て取って、ヨザックが格子を曲げにかかる。常人の力では広がらないと知ると、斧《おの》で金属を抉《えぐ》り始める。

「……それに僕がいる……最も危険だ」

「なに？」

「僕は彼の力を増幅《ぞうふく》させる。倍にも、下手をすれば数倍にも。恐《おそ》らく魔力の質も変えるだろう。より攻撃《こうげき》的に、破壊《はかい》的になる、かもしれない。破壊するために作られた関係だからね。熟練の術者なら自力でコントロールできるだろうが、王となって日の浅い、それどころか魔力に目覚めて間がない渋谷には、制御《せいぎょ》するのは難しい」

ヴォルフラムは一瞬、なんとも不愉快《ふゆかい》そうな顔をした。だがすぐに王の知己《ちき》としての自信を取り戻し、畏《おそ》れ多くも双黒《そうこく》の大賢者《だいけんじゃ》に、新参者を見るような視線を向けた。

「近くに行けば制御できるのか」

「きみが？　だってフォンビーレフェルト卿、腰《こし》は」

「腰はどうでもいい！　ユーリの近くに行けば、あいつの暴走を制御する助けになるのか？」

「確かではないけど、まあ多少は」

「来い！」

入り口の扉《とびら》を蹴《け》破《やぶ》る。両脇《りょうわき》に立つ兵士が不意をつかれているうちに、鞘《さや》に収めたままの武具で一撃《いちげき》を食《く》らわす。

「どこかに通用口があるはずだ。グリエの仕事を待つより早い」

「傷つくこと仰《おっしゃ》いますねェ、坊《ぼっ》ちゃん」

腰がいかれてモテなくなっても知りませんよ、と軽口を叩《たた》きつつ、ヨザックも後に従った。


観客席を埋《う》め尽《つ》くす男達は、全員揃《そろ》って上を向いていた。中にはだらしなく口を開いている者もいる。戦場に行ったことのない人間は、魔術《まじゅつ》など目にする機会はないのだ。

黒い空に雪で描《えが》かれる模様は、まるで生きているように滑《なめ》らかに動き、主《あるじ》の思惑《おもわく》どおりに姿を変えた。まず鳥、続いて犬、ネズ……いや、赤リス。

ちょっとした一人雪祭りだ。

バケツらしき形状をとった雪の塊《かたまり》は、観衆が「アーダルベルト、後ろ後ろ」と教える間もなく急降下し、円形舞台《ぶたい》で戦闘《せんとう》中の男に襲《おそ》いかかった。

「ごぐ」

後頭部を強《したた》かに打つ。

がっちりホールドしていた腕《うで》が緩《ゆる》む。すかさずユーリは身を沈《しず》め、筋肉地獄《じごく》から逃《のが》れて濡《ぬ》れた地面を転がった。

「……おい何だよ……通常戦闘で勝負じゃなかったのかよ。芸術音痴《おんち》な魔術もありだってんなら、最初から言っといてくれねえと……あーあ、頭の形が変わっちまうだろ」

アーダルベルトは瘤《こぶ》を確認《かくにん》するよう触《さわ》ってみている。

ユーリも自分の喉《のど》に手を持っていくと、汗《あせ》でも水でもないもので指が濡れた。血だ。無言のまま掌《てのひら》を見詰《みつ》めるが、やがてそれを雪に擦《こす》りつけた。

じわりと白が朱《しゅ》に染まる。

おもむろに顔を上げたときには、瞳《ひとみ》の光は常とは異なっていた。

斜《はす》に構え、腕組みをした立ち姿で、ひとを見下すよう僅《わず》かに顎《あご》を上げている。爛々《らんらん》と黒く輝《かがや》く眼《め》は、ただ一点、アーダルベルトに向けられていた。

「……己の出自に従わぬばかりか、あの幼き日、純粋《じゅんすい》なる精神を決意に震《ふる》わせ、成人の儀《ぎ》に誓《ちか》った魔族への忠誠まで捨てるとは……」

低音で響《ひび》きのいい声と、まわりくどく、不必要に難解な言葉遣《ことばづか》い。中途半端《ちゅうとはんぱ》な文語体で、時代劇枠《わく》でしか聞けない役者口調。

間違《まちが》いない、久々のスーパー魔王モードだ。

「身勝手な恨《うら》みつらみを並べて詭弁《きべん》を弄《ろう》し、故郷に背を向けての放浪《ほうろう》暮らし。それだけならまだしも、逆恨みとしか思えぬ愚《おろ》かな理由で、故国の騒擾《そうじょう》を望むとは！　どこまで愚かで貧困な魂《たましい》か。情けなさに余も鼻水を禁じ得ぬ」

目より先に鼻から水が漏《も》れるタイプだ。

「しかぁもォ」

宙に浮《う》かぶ巨大《きょだい》なスモウ・レスラーの雪像が、台詞《せりふ》に合わせて片腕を振《ふ》り回した。突《つ》きだした五本の指を広げ、ストップ・ザ・口応《くちごた》えの決めポーズ。生み出されたみぞれ混じりの寒風は、容赦《ようしゃ》なく観客の全身を打つ。

アーダルベルトはちょうど、こんな説教聞き飽《あ》きたしもう攻撃《こうげき》しちゃっていいかなと思ったところを止められた。いいタイミングだ。

「……自らの権利ばかりを主張し、他《ほか》の者へ譲《ゆず》ることを知らぬ……嗚呼《ああ》、古き良き慣習の、譲り合いの精神、お裾《すそ》分《わ》けの心は何処《いずこ》へか」

ものすごい悲劇に見舞《みま》われたかのごとく、額に手を当て、天を仰《あお》ぎみる。

それに合わせて夜空で形を成す雪像が、ああんというように身をよじった。不気味だ。

「一つの勝利で満足せず、次の戦士の試合まで奪《うば》おうとは何事か。フォングランツ、機会均等政策の敵め！　おぬしのような不埒《ふらち》な男は、この言葉をこそ弁《わきま》えるべきであろう。いいか、そのでかい鼻の穴かっぽじってよーく聞くがよい。肝《きも》に銘《めい》じよ！　謙譲《けんじょう》の美徳！」

会場中の何人かが、え？　と小首を傾《かし》げた。それは無理だろう、しかも不衛生だろう。しかし大半の民衆は、何やらもっともらしい単語の羅列《られつ》に感心している。集団催眠《さいみん》気味だ。

「最早《もはや》ぬしなど我等の同胞《どうほう》にあらず。先代魔王もこう言っておる『戻《もど》ろうったって許さなくってよん』とな！」

そこだけ口まねで言われても。

「なあ、ヘーカ」

アーダルベルトは太刀魚《たちうお》状の剣《けん》の腹で肩《かた》を叩き、音を立てて首の筋をほぐした。

「その眠気《ねむけ》を誘《さそ》う説教、いつごろ終わる？」

出番なく地上で主を見守るだけだったコンラッドは元より、ユーリの身分や立場を把握《はあく》できていないはずの審判《しんぱん》や観客までもが、男の剛胆《ごうたん》さに呆気《あっけ》にとられた。スーパー魔王を前にしての傍若無人《ぼうじゃくぶじん》っぷり。それこそ鼻でもほじ……掃除《そうじ》し始めそうだ。

握《にぎ》り締《し》めたユーリの拳《こぶし》が、怒《いか》りのせいか微《かす》かに震えた。

「……むう、マッスルにつける薬なし……やはり脳味噌《のうみそ》まで筋肉に侵蝕《しんしょく》されているか」

「そう言うが、ヘーカ。筋肉はいいぜー？　ピクピクさせれば退屈《たいくつ》しのぎにもなる」

「黙《だま》れ！　国内に無駄《むだ》な混乱を起こし、余の権力失墜《しっつい》を望む謀反《むほん》者めが！　フォングランツ、その存在は余の完全無欠絶対統治、名付けて『わが銅像《ドウゾー》』計画の道程における大きな障害である。同族といえど造反、出奔《しゅっぽん》は国家の大罪。この際、血を流すことも厭《いと》わぬ……！」

天を指した右腕を派手に振り下ろし、食指が真っ直《す》ぐにアーダルベルトを狙《ねら》う。死刑宣告三秒前。

「やむを得ぬ、おぬしを斬《き》るッ！　正義の刃《やいば》を身に浴びて、福本清三の如《ごと》く倒《たお》れるがよい！」

「誰《だれ》だそりゃ」

「成敗《せいばい》ッ」

雪の積もったユーリの足元には、紅《くれない》に染まった「正義」の二文字。彼の頭上だけにはらはらと舞《ま》い落ちる、薄桃色《うすももいろ》の桜吹雪《さくらふぶき》（でも雪）。

地上に残されたコンラッドは、不穏《ふおん》な単語の連続に言い知れない不安を感じていた。

ここからでは、はるか上方の舞台の様子は判《わか》らない。だが、声しか聞こえないにもかかわらず、いつもの彼との違いに戸惑《とまど》う。

何かが違う。これまでのユーリとは、どこかが大きく異なっている。取り越《こ》し苦労《ぐろう》であればいいのだが。

とりあえず、斬るといっておきながら、ユーリの攻撃方法が剣ではない点は通常どおりだ。

「くそっ」

　ウェラー卿は装飾《そうしょく》用の短剣を引き抜《ぬ》き、舞台の土台ともいえる円柱に突き立てた。次いで長剣を上に刺《さ》し、腕の力で身体《からだ》を引き上げる。まずその二つを足掛《あしが》かりに、一歩ずつ登るしかない。

「うおおっ、雪が」

　誰かが恐怖《きょうふ》のあまり叫《さけ》んだ。

　大雑把《おおざっぱ》な女体の形をとっていた雪溜《だ》まりが、突如《とつじょ》として表情を変え、アーダルベルト目がけて急降下してくる。

　落ち窪《くぼ》んだ眼窩《がんか》と怒りに広がった口。ちなみに縦長。音声をつければ「あおぅ」だろう。

　場内に高音のラッパが流れた。避難《ひなん》警報発令だ。

　上空は紋様《もんよう》を描く雪風が荒《あ》れ狂《くる》い、超《ちょう》局地的な悪天候となっている。ピンポイント吹雪《ふぶき》だ。

　だが、魔術に従う自然現象の余波で叩きのめされても、席を立つ客は皆無《かいむ》に等しかった。

　こんな闘《たたか》いは一生の内にそう何度も見られるものではない。皆《みな》、爆裂《ばくれつ》とうきび粒《つぶ》を持つ手も止め、膝《ひざ》に零《こぼ》した酒もそのままだ。飛ばそうとした急上昇風船に吹《ふ》き込んだ息が、口の中に逆流している者もいる。振り上げた拳を下ろすのも忘れている者、開いた口が塞《ふさ》がらない者。中には逃《に》げたくても恐怖のあまり動けず、今夜うなされることが確定した者達もいた。

　こんなに凄《すご》いものが見物できるのなら、流れ雪に当たって被害《ひがい》を受けてもかまわない。女房《にょうぼう》に実家に帰られても、今晩ばかりは門限破りだ。

勇敢《ゆうかん》というよりも享楽的《きょうらくてき》。意外に砕《くだ》けたシマロンの国民性。

白い魔像《まぞう》に襲いかかられ、アーダルベルトは短く舌打ちした。僅かに怯《ひる》み後方によろめくが、すぐに冷静さを取り戻す。指を擦りほんの一滴の血を刃先《はさき》に残すと、何事か呟《つぶや》いて顔の前に剛直《ごうちょく》な武器を翳《かざ》す。

一瞬《いっしゅん》にして剣が真っ赤に染まり、鋳造途中《ちゅうぞうとちゅう》の鉄のような熱と輝きを放つ。突っ込んでくる雪像が、真っ二つに割かれて蒸気となった。

「なに⁉」

初めての経験に魔術の使い手は動揺《どうよう》を隠《かく》しきれない。これまで誰一人《だれひとり》として抵抗《ていこう》する敵はいなかったのだ。決して同族だからと手加減したわけではなかった。本当だ。あのちょっととぼけた冷たい鬼女《きじょ》だって、雪ギュンターよりも数倍怖《こわ》い。

「……はぁあ。人間の地で、その上隣《となり》に神殿《しんでん》まであるってな素晴らしい環境《かんきょう》で、これだけ魔術が使えるたぁたいしたもんだ。さすがは王になるべく生まれた魂、並みの魔族とは違うってとこか」

蒸発した水分はすぐに冷却《れいきゃく》され結晶《けっしょう》と化し、再び魔王の忠実な要素として攻撃に備える。白い蜂《はち》が群をなすみたいに、空は雪粒で埋《う》められた。

「凄《すげ》ぇな、ハエの大群」

なんという不潔なことを。発想からして汗くさい男は、嘲笑《ちょうしょう》ともとれる形に唇《くちびる》を歪《ゆが》ませた。

「だが、あまり調子に乗るなよ。相手が必ず無抵抗で、お前の足元に跪《ひざまず》くとは限らんぞ」

煙《けむり》を上げていた熱の剣が、徐々《じょじょ》に元の色を取り戻す。

「忘れたか？　オレは魔族としての自分を捨てた。地位も身分も名も……魔力もな。だが代わりに得たものも多くある。人間の使う法術もそのひとつだ」

腿《もも》から離《はな》した左手を軽く開く。五本の指先に、青い染《し》みが広がった。

「ここは法力に従う要素に満ちている。さすがに大国シマロンの神殿だけあるな。もっともこんな空気の変調など、偉大《いだい》なる陛下には些細《ささい》なことかもしれんがね。だが、オレが法術を操《あやつ》るには絶好の場所だ」

青銅色の染《し》みは炎《ほのお》となり、指を離れ宙を漂《ただよ》った。墓場の燐《りん》によく似ている。

「しかも相手は当代魔王ときた。いいねえ、痺《しび》れるね。こんな好機は二度とないだろうよ」

「……余の成敗に逆らうか」

漆黒《しっこく》の瞳《ひとみ》が、冷酷《れいこく》に煌《きら》めく。平素の彼を知る人が見れば、別人かと思うほどだ。

「よかろう、フォングランツ・アーダルベルト。おぬしとその血族はたった今、余の粛清《しゅくせい》目録の頂点に記された。第二十七代魔王の名において、グランツ家の末裔《まつえい》までの排除《はいじょ》を宣言する」

「待て！　親族は関係がないだろうが」

「王に仇《あだ》をなす一族など、余の治世には邪魔《じゃま》なばかりだ。ああ、だがフォングランツ、おぬしが気に病《や》むことはないぞ。ただ辿《たど》り着く先で待つがよい。今この小雪舞《ま》う舞台《ぶたい》上で、グランツの血を引く者のうち、誰より先に地獄《じごく》へと送ってやろう」

「おいおい、何か人格が変わってきてねえか？　お株《かぶ》を奪われてるような気がするぜ」

ふと目線を下げると足元の血染めの文字が、いつもの形と少々違う。「正義」ではなく「止義」だ……一本足りない！

「問答無用ッ、覚悟《かくご》せいアーダルベルト！　割れ顎《あご》をいっそう割ってくれるわ！」

「ちっ」

巨大《きょだい》な雪像が細かな塊《かたまり》に分解した。親指程度の小さな飛行物体が、アーダルベルトをぐるりと取り囲む。歯を剝《む》き出して標的に向かう姿は、雪の妖精《ようせい》に囲まれているというよりも、肉食昆虫《こんちゅう》が集団で獲物《えもの》を襲《おそ》うようだ。

青い鬼火《おにび》が目にも留まらぬ速さで飛び回り、次々と敵を融《と》かしてゆく。蒸発しても湯気はすぐに冷やされ氷粒になり、魔術の使い手の元へと戻っていった。

埒《らち》があかない。

ユーリは焦《じ》れて唇を嚙《か》み、頭上で吹雪を一度だけうねらせた。思いどおりに動くのを確かめると、右手を高々と挙げて指を鳴らす。氷を含《ふく》む風は強力な刃となり、倒すべき男に斬りかかる。

「……うっ」

アーダルベルトは赤々と透《す》き通る剣を翳《かざ》し風刃を避《よ》けたが、頰《ほお》と両の肩を深く裂《さ》かれた。温かなものが顎まで伝う。その血に群がるようにして、奇怪《きかい》な雪の精が飛びかかった。

いつにもましてグロテスクだ。

どの角度からどう見ても、ユーリが悪でアーダルベルトが善人に見える。場内に沸《わ》き起こる熱いフォングランツコール。今、闘技場《とうぎじょう》は一体となった。

「うるせえぞ、虫みてーにブンブンブンブンと……ッ！」

新巻鮭《あらまきざけ》を大きく振《ふ》り回す。たかっていた白い連中が分散し、再び上空の吹雪と合流する。アーダルベルトは氷の刃を切り裂きながら、十歩ほど走って間合いを詰《つ》めた。元々そう広くもない円舞台《えんぶだい》だ。すぐに斬り合える距離《きょり》になる。

「お前の魔術がオレを殺すよりも、オレの剣《けん》がお前の喉《のど》を突《つ》くほうが先だろうよ。さあ魔王、早く試《ため》してみろ。その指で、雪球でも何でもぶつけて見せろ」

「……いいだろう」

ユーリが指を鳴らすのと、アーダルベルトが下から剣を突き上げるのとは同時だった。だがその数拍《はく》前にコンラッドが、乏《とぼ》しい足場でどうにか頂上へと登り着いた。

「やめろアーダルベルト！」

遅《おそ》い。魔族を捨てた男の一連の動作は、既《すで》に止められる段階ではなかった。コンラッドの言葉が聞こえたとしてもだ。

「ユーリの魂《たましい》はジュリアのものだ！」

切っ先は、皮膚《ひふ》一枚を斬《き》っただけでぎりぎり左に逸《そ》れた。

「なに……？」

つんのめって前に倒《たお》れ込んだアーダルベルトの上に、容赦《ようしゃ》ない豪雪《ごうせつ》が雪崩《なだ》れてきた。武器を握《にぎ》る右腕《みぎうで》の肘《ひじ》から先を残し、雪山の下敷《したじ》きとなって動きが止まる。

数秒間静まり返った客達が、バネ仕掛《じか》けみたいに一斉《いっせい》に立って歓声《かんせい》をあげる。

勝者は振り返った。

「……だ……」

誰《だれ》だと問いかけそうになりながらも、コンラッドは口を噤《つぐ》んだ。冷たく、人を引きつけて離さない眼《め》をしている。

だが優《やさ》しさは、欠片《かけら》もない。

4

目的地へと近づくにつれて、役割分担がはっきりしてきた。

ステファン・ファンバレンが金にまかせて兵を丸め込み、サイズモアは力に任せて敵を排除する。で、気を失った連中を目立たない場所に隠すのが自分で、ふと気付くと二、三人倒しているのがシュバリエだ。ぐったりした兵士の身体《からだ》を引きずりながら、ダカスコスはそっと隣を窺《うかが》った。

手伝っていたシュバリエが、こちらに気付いてにっこりと笑った。

「そ、その人、いい夢みてそうですねぇ」

「ええ」

運ばれている肉体は、手足を弛緩《しかん》させ白目を剥《む》いている。口からはみでた濃桃色の舌が痙攣《けいれん》していた。

「なんか美味《うま》いもんでも食ってる夢なんスかね」

「ええ」

返事の九割は二文字だ。「ええ」か「はい」か「いえ」か「さあ」。今時は悪の秘密結社の戦闘員《せんとう》だって、もう少し気の利《き》いた単語で話すだろうに。

警備に行き当たらず普通《ふつう》に階段を下っているときも、役割ははっきりと決まっていた。

ファンバレンがツェリ様を褒《ほ》め称《たた》え、サイズモアが相槌《あいづち》を打ちながら腕《うで》を掻《か》きまくり、ダカスコスは心の記録紙にファンファン用語を書き留める。もう四十五個にもなった。最新名文句は「美女の首を真珠《しんじゅ》で絞《し》める、きゅっとね」だ。

ファンファンの叙情的《じょじょう》な賞賛にも、シュバリエはにこやかに頷《うなず》くばかりだ。まるで父親か兄弟のように、ツェツィーリエへの賛辞を聞いている。

何者だ、シュバリエ？

まさか本当にフォンシュピッツヴェーグ卿《きょう》ツェツィーリエの親族なのでは。言われてみれば輝《かがや》く金髪《きんぱつ》も、端正《たんせい》な造作の顔も共通している。三男・ヴォルフラム閣下ほどではないが、彼女の実兄であるフォンシュピッツヴェーグ卿シュトッフェルや、長男・グウェンダル閣下よりは余程似ている。年齢《ねんれい》は一二〇から一五〇の間くらいだろうか。父親の線はなさそうだが、弟説は捨てきれない。

ダカスコスは不安になり、箱を持ち上げながら訊《き》いた。

「ところでシュバリエさん……姓《せい》はなんと？」

キラリと輝く白い歯を覗《のぞ》かせて、女王陛下の下僕《げぼく》は短く答えた。

「さあ」

名前を尋《たず》ねられて、返事が「さあ」とはどういう意味だ？　自分が嫌《きら》われているだけなのか、それとも本当に姓がサーなのか。あるいはご婦人が戯《たわむ》れでよくしている、当ててご覧なさい遊びの一環《いっかん》だろうか。

ダカスコスはあの遊びで勝てたためしがない。ことあるごとに女房《にょうぼう》が仕掛けてくるのだが、今のところ見事に全敗だ。彼の妻女、アンブリンのやり方はこうだ。胸に手を当ててよーく考えてご覧なさい。略して「当ててご覧なさい」。

「……ゴメンナサイ……判《わか》りません」

思わずいつもの癖《くせ》がでて、雑用兵は涙《なみだ》ぐんだ。暗い夜道で役立ちそうな自慢《じまん》の頭部も、輝きを失ってしょぼくれている。

「どうしましたダカスコスさん、何も泣かなくても。私には姓がないのですよ。ただのシュバリエで充分《じゅうぶん》なのです。あなただってそうでしょうダカスコスさん、リリット・ラッチー・ナナタン・ミコタン・ダカスコスさん。ねえ、ナナタン・ミコタン・ダカスコスさん？」

金の髪《かみ》の従者から、こんなに長い台詞《せりふ》を聞いたのは久方ぶりだ。いやそれよりも自分の氏名を通しで聞いたのも久しぶりだった。悶絶《もんぜつ》のあまり箱から手を離《はな》しそうになる。

「ややややめてくださいぃッ一文字残らず正確に呼ぶのはやめてくだサイっ！　ううおお我が苗《みょう》字《じ》ながら震《ふる》えがはしっ走る」

「そうですか？　新婚《しんこん》のご夫婦みたいで可愛《かわい》らしいと思いますよナナタン・ミコタン・ダッキ

ーちゃん？」

「おひょーう」

シュバリエの出自を探《さぐ》ろうとしていたのに、結局はぐらかされてしまった。

分厚い石の壁越《かべご》しに、闘技場の歓声が微《かす》かに届く。

「お、何かあった様子ですな」

サイズモアが壁《かべ》に耳を押し付けるが、事件の内容はもちろん判らない。気を取り直し、薄暗《うすぐら》い階段を宝物庫へと下ってゆく。二度ほど警備の立つ踊《おど》り場《ば》があったが、問題なく突破《とっぱ》できた。

やがて最下層に達すると、札を掛《か》けられた木製の扉《とびら》が三つ並んでいた。ちょっと冒険《ぼうけん》心を刺激《しげき》する光景だ。

「三つのうち二つは罠《わな》で、真実の扉は恐《おそ》らく一つだけなのでしょうな」

無精髭《ぶしょうひげ》の生え始めた顎《あご》を撫《な》でて、サイズモア艦長《かんちょう》は大きな背中を丸めた。海のことなら何でもござれだが、迷宮内での宝探しになんぞとんと縁《えん》がない。陸に上がったセイウチは無力だ。

ダカスコスは両側のこめかみに指を当て、目を閉じてくりくり回してみる。耳の奥でチーンと音がした。

「判りましたよ、きっとこの『空室』って札が掛《か》かっ……」

「では全部一斉に開けてみましょうか」

彼の意見など誰も聞いちゃいなかった。

ファンファンの案はこうだ。幸いにして扉は三つ、こちらの人数は四人である。三人が一人一ヵ所ずつ挑戦《ちょうせん》すれば、恐らく一つは本物の入り口だろう。万が一、偽扉《にせとびら》二ヵ所に罠が仕掛けられていても、最悪でもこちらには二人残っている。どうにか目的の物を運び出せるだろう。

「迷っていても始まりません、私は中央を開きましょう」

彼の偉《えら》い点は、自分も賭《か》けに乗るところだ。三分の二の確率で罠に当たるのだ、兵士でない者には向かない作戦である。宝物が気になって仕方がないとはいえ、見上げた商人根性《こんじょう》だ。

ぐらつく取っ手を握り締《し》める。緊張《きんちょう》からか唇《くちびる》を軽く舐《な》めた。

「……もし私がここで命を落としたら……どうかツェツィーリエにお伝えください。嗚呼《ああ》、あなたの笑い声はすがしい清流のせせらぎ、あなたの吐息《といき》は甘く切ない薔薇《ばら》の香《かお》り、あなたの瞳《ひとみ》は若葉に宿る朝露《あさつゆ》の輝き、あなたの唇は……」

「そ、それを全文ですかな」

「もちろんです。一字一句違《たが》わずお願いします。スガシイとセイリュウとセセラギは韻《いん》まで考えているのですから」

サイズモアには無理そうだ。

「まあ、取り越し苦労《ぐろう》であることを祈《いの》りましょう。大丈夫《だいじょうぶ》、若輩者《じゃくはいもの》とはいえ不沈《ふちん》のファンファンの名を継《つ》ぐ男です。先物取引では失敗したことがありません」

商人と海の男、金髪従者は扉の前に立ち、それぞれの取っ手をぎゅっと握った。合図をするのはファンバレンだ。

「いいですか？　ミズーリ、スメタナ、自社カード！」

自社カードって何スか？　とダカスコスが訊く前に、三人は扉を開け放った。サイズモアとシュバリエは、反射的に顔を庇《かば》った。だが、毒霧も槍《やり》も飛び出さない。

「……同じ部屋に入り口が三ヵ所も……」

単に並んでいただけだった。

「しかしこの先に罠があるかもしれませんからな。皆《みな》さん、どうぞ慎重《しんちょう》に……」

「わあー」

子供みたいな声をあげて、ファンファンが宝部屋に駆《か》け込んだ。百人は入れそうな広さの倉を、縦横無尽《じゅうおうむじん》に走り廻《まわ》る。

「素晴らしい、貴重な物が数えきれないほどあります！　例えばこの裸婦《らふ》像の優美な腰《こし》つき。それにほら、見てくださいよこの魔王《まおう》像！　作者の魔王への言い知れぬ恐怖《きょうふ》が伝わってくるようでしょう？」

「というか、頭部がゾウですな」

「そこが素晴らしい！　これは呪《のろ》いの儀式《ぎしき》に使われたものです」

与《あずか》り知らぬところで呪術《じゅじゅつ》に荷担《かたん》させられていたわけか。更《さら》に商人は木製の顔の欠けた人形を掴《つか》み、目線の高さに持ち上げた。

「ああこれもいい。いい仕事していますねー。これは呪《のろ》いに使われたものかな。おお、この分厚い鏡も重さがいいですね、これは呪《のろ》いに使われたものです。おやこんな所に呪《のろ》いの腰紐《こしひも》が。これを装着すると呪《のろ》われて体力が激減するのですよ。ああっこれは、呪《のろ》いの釘《くぎ》打つバナナ」

呪《のろ》われない品物は収納されていないのか!? 神殿《しんでん》の偉い人は物騒《ぶっそう》な物の収集家らしい。興奮している商人は放っておくとして、自分達の任務は箱の交換《こうかん》だ。速やかに目的物を探しだし、偽物《にせもの》とすり替《か》えなければならない。白黒石遊びでは四隅《よすみ》から攻めるダカスコスは、部屋の隅をうろついていた。

「ありゃ」

よく似た大きさの四角い物が、地べたに無造作に置かれている。載《の》せられていた洗濯《せんたく》物を脇《わき》にどけると、蓋《ふた》にはでかでかとこう書かれていた。

『風の終わり』

幼児並みの判りやすさに、ダカスコスは言葉を失った。

おれの中ではその間ずっと、暗闇《くらやみ》での拷問《ごうもん》が続いていた。鼓動《こどう》と同じタイミングで襲《おそ》ってくる頭痛、鼻の奥に広がる鉄錆《さび》の臭《にお》い。針でも刺《さ》されたように目頭《めがしら》が痛み、大音響《おんきょう》の耳鳴りが終わらない。誰《だれ》かが喋《しゃべ》っている言葉が、意味もとれずに延々と続いた。耳から聞こえてくるのではなく、脳味噌《のうみそ》に直接ヘッドフォンを当てられているみたいに。

寺の鐘《かね》に閉じこめられて、外からガンガン叩《たた》かれている感じ。

「……や……渋谷ッ……」

乾《かわ》いて、くっついた目蓋《まぶた》を必死で開けようとする。皮膚《ひふ》の剝《は》がれる音が聞こえそうだった。金と翠《みどり》がぼんやりと視界に入る。更に向こうはさっきまでと同じ暗闇だが、白い灯《あか》りがちらちらと舞《ま》っていた。雪だ。

黄金色の髪の人が僅《わず》かに眼《め》を眇《すが》め、唇が少しだけ動くのが見える。

「こうなったら」

こう、なった、ら?

「っわあッ、よせやめろヴォルフラム! そんなんしたら死んじゃうだろうがっ」

急速に意識が浮上《ふじょう》した。フォンビーレフェルト卿《きょう》は金属製の棍棒《こんぼう》を振《ふ》り上げ、おれを殴《なぐ》ろうとしていたのだ。

「気を……ごほ……失ってたから、って、その起こし方は乱暴すぎ……うぇ」

首を持ち上げようとすると、吐《は》き気《け》と眩暈《めまい》に襲われる。仕方なく頭を元《もと》に戻す。後頭部に何ともいえない硬《かた》さの物が当たった。嫌《いや》な予感がする。この張りつめた肉の感じは……。

「陛下、こんなことしかできませんが」

案の定、ヨザックの膝枕《ひざまくら》だった。

「渋谷、ほら、水」

「ごぷ」

口に雪玉を押し込まれた。村田だ。右手にもう一個握《にぎ》っている。おかわりに備えているのだろう。もういい、もういいからと手を振るが、意思の疎通《そつう》がままならない。

「うむふーっ……っぷ、なにすんだよっ、喉《のど》まできちゃったじゃないか」

「ようやく正気に戻ったか」

ヴォルフラムは腰の負担を減らすように、棍棒を支えにして立っていた。ふっと表情が柔《やわ》らかくなる。おれは横になったまま、目だけで周囲を確認《かくにん》した。村田が屈《かが》み込んでいて、頭の下にヨザックの腿《もも》があった。

でも『彼』はいない。

軋《きし》む腕《うで》を騙《だま》し騙し持ち上げて、冷え切った指で自分の頬《ほお》に触《ふ》れる。濡《ぬ》れていた。多分、雪で。

「コンラッドが」

三男が眼を逸《そ》らした。

「ヴォルフ、コンラッドが……いたよな、確かに。なんか黄色の服着てさ、あんたは虎《とら》ファンかっつー制服でさ。なあヴォルフ、コンラッドがいない」

「少しは自分の心配をしろよ!」

珍《めずら》しく村田の強い口調に窘《たしな》められ、おれはやむなく口を噤《つぐ》んだ。

「きみはあそこから落ちたんだぞ!? まあ途中《とちゅう》で、ウェラー卿が、うまく摑んでくれたけど。そうでなかったら地面に叩きつけられて、全身骨折しててもおかしくないんだ」

「あそこ?」

少し離《はな》れた場所に審判《しんぱん》と作業員が数人いた。豪雪《ごうせつ》地方の雪掻《か》きよろしく、高所から灰色の塊《かたまり》が落ちてくる。いったい何をしているのだろう。

「あれは」

「円形舞台《ぶたい》上の雪を排除《はいじょ》しているんだ。埋《う》まった奴《やつ》を救出しなければならないからな。お前がやったことだろう」

「おれが!? 埋めたの!? 誰を?」

「誰って……全く覚えてないのか?」

覚えていなかった。

「てことは、おれまたやっちゃったんだな。例のスーパー上様モード。いやそれよりも、埋まったって、埋めたって誰を。まずい、その人まさか」

「フォングランツなら生きてますって。まったく、しぶとくてヤんなっちゃう」

ヨザックが心底残念そうに言った。

「でも、あんな凄《すご》い魔術を披露《ひろう》しながら、記憶《きおく》にないってのも損な気がしますねェ。どれだけ壮絶《そうぜつ》で恐《おそ》ろしかったか、本人だけが知らずに済むってのも。あ、損じゃなくて得ですかね」

「また凄《すさ》まじくて下品でグロテスクで、品性を疑われることしちゃったんだな、おれ」

「やだなぁ陛下、美しさが全《すべ》てってわけじゃないんだから。オレにしてみりゃアーダルベルトをぎゃふんと言わせてくれただけで、何というかこう、胸のすく思いですよ」

しかしぎゃふんと言ったのは、アメフトマッチョだけではなかった。

恐る恐る喉に触れてみると、固まりかけた黒っぽい血が指に着いた。幸いそう酷《ひど》くは痛まないが、動けばすぐに傷が開くだろう。どうでもいいけど「ぎゃふん」って何時《いつ》の言葉よ。

「なんで生きてんだか、不思議」

こんなことは久しぶりだった。人間を超《こ》えた魔力を発揮しても、ここ数回は薄《う》っすらと記憶があったのだ。なのに今回は何一つ思い出せない。ずっと暗闇の中に閉じこめられていただけだ。あの状態を思い出すと、不安と恐怖で身体《からだ》が震《ふる》えそうになる。

「……どうしちゃったんだろ、おれ」

「お前はいつでもどうかしている。今に始まったことじゃない」

ヴォルフラムがゆっくりとしゃがみ込んだ。動きがやけにギクシャクしている。そういえば彼の腰はどうしたのだろう。長引かなければいいけれど。

「横を向け。首の怪我《けが》を何とかする。グリエ、針と糸を持っているか」

「持ってますよ。より美しく着こなすために、服の寸法直しは必須《ひっす》ですからね。なんだったらオレが縫《ぬ》って差し上げましょか？　裁縫《さいほう》の腕にはちょっとした自信が」

「縫うの？　麻酔《ますい》もなしで⁉　ていうかあの癒《いや》しの術でやってくれよっ、お前だって血止めくらいできるって言ってたじゃん」

「動くな」

手を伸《の》ばして村田に助けを求めるが、自業自得《じごうじとく》と一蹴《いっしゅう》される。

「仕方がないね。みんな必死で止めたのに、渋谷が勝手に暴走しちゃったんだから」

「おまえ段々意地悪キャラになってねーか？」

目の端《はし》に白衣の二人組がちらりと映った。髪《かみ》をきっちりと帽子《ぼうし》で覆《おお》い、俯《うつむ》き加減《かげん》で走ってくる。小柄《こがら》ながら純白の衣装がよく似合い、清潔感溢《あふ》れて頼《たの》もしい。

「ああっホラ、救護班の皆《みな》さんが！　どうせならプロの治療《ちりょう》受けさせてくれよー」

「ごめんなさい、お待たせしてしまったかしら。あぁ陛下、なんて痛々しいお姿なの」

「は？」

おれの前で膝《ひざ》をついた白衣の天使は、襟《えり》を大きくはだけていた。はっきりくっきり繰《く》り広げられる胸の谷間に、出血量が倍増する。慌《あわ》てて鼻を強く押さえた。

「ぶ……フゥエ、フェリひゃみゃ？」

「ええ陛下。あ、な、た、の、ツェツィーリエよ。とーってもお久しぶりね。お元気でいらして？　お会いできなくて寂《さび》しかったわ。ああ陛下ったら、傷付き血に染まるお姿も官能的だわ。どんなご婦人も一瞬《いっしゅん》で悩殺《のうさつ》されてしまいそう」

「母上!?　闘技《とうぎ》場は女人禁制ですよ。いったいどうやってこんな所まで……」

「しーっヴォルフ。ちょっと救護班の衣装を拝借しただけよ。あたくしのように完璧《かんぺき》に美しい者は、どんな服でも着こなせるものなのよ。ね、ヨザック」

「感服です」

突然《とつぜん》現れた前女王陛下は、何故《なぜ》かヨザックに同意を求めた。黄金の巻き毛をきつく結《ゆ》い上げている。兵士以外は長髪《ちょうはつ》でなくても大丈夫《だいじょうぶ》なのだろう。ああ、ツェリ様に縫われるのならば本望です。ナミ縫いでもカエシ縫いでもやっちゃってください。思わず鼻の下が伸びる。

「なんだユーリ、その豹変《ひょうへん》ぶりは、従順そうな顔になって」

ヴォルフラムは面白《おもしろ》くなさそうだ。おれの傷を調べながら、ツェツィーリエ様は村田を発見した。悩殺ボディをもどかしげに捩《よじ》る。

「あぁこちらが噂《うわさ》の猊下《げいか》ね？　聞いたとおり髪も瞳《ひとみ》も黒ではないけれど……でもすごく、とっても可愛《かわい》らしい方！　やっぱり陛下とよく似ていらっしゃるのね。あぁん、正式にご挨拶《あいさつ》して、熱い抱擁《ほうよう》を賜《たまわ》りたいのだけれど……猊下、どうかお許しください。礼儀知《れいぎし》らずな女だとお思いにならないで」

「かまいませんよ、上王陛下。今は渋谷の傷を診《み》るのが先だ」

いつもどおり「ツェリって呼んで」の一節を続けながら、眞魔国《しんま》三大魔女はおれの首に指を当てた。ひんやりと心地《ここち》いい感触《かんしょく》が、表面だけでなく傷口の中まで伝わってくる。

「……大丈夫、この程度の深さの傷なら、無理に縫わなくてもよくってよ。けれど陛下、平凡《へいぼん》な魔力しか持たないあたくしには、この場所であんな大掛《おおが》かりな攻撃《こうげき》など出来そうにもないわ。隣《となり》の建物は神殿《しんでん》だし、そこら中が法力に従う要素に満ちている……こんな逆境で強大な力を発揮できるなんて、陛下はほんとうに偉大《いだい》なかたね」

「ぎゃ、逆境には、慣れてるんでス」

とんでもない。真に偉大な術者なら、自らの行為《こうい》の全てに責任が持てるだろう。なのにおれときたら自分のしたことも覚えていないのだ。たかだか数十分前の行動を綺麗《きれい》さっぱり忘れるなんて、大間抜《まぬ》けとしかいいようがなかった。十六歳にして早くも健忘症《けんぼうしょう》だ。昨夜のおかずは何だったかな。

「いて」

「ごめんなさいね、組織を繋《つな》げるから少し痛むわ。このまま包帯を巻いてしまってもいいのだけれど、軽くでも塞《ふさ》いでおけば動くのが楽になるから」

「だ、大丈夫だから、やっちゃってください」

誰《だれ》かが手を握《にぎ》ってくれた。まずいと思う間もなく、苦痛に耐《た》える縁《よすが》にしてしまう。細くて冷

たい指だ。顔を向けても治癒《ちゆ》者の陰《かげ》に隠《かく》れて見えないが、恐《おそ》らくもう一人の救護員だろう。

「……フリン？」

届くとも思えない呟《つぶや》きに、応《こた》えるように握る力が強まった。

「さあ陛下、あとは布で覆《おお》っておきましょう。あたくしの愛は充分《じゅうぶん》に注いだつもりだけれど、やっぱりこの場所では応急処置しかできないみたい……傷口が開いたら大変だから、あまり激しい運動はお薦《すす》めできないわ……あら、激しい運動ってなんだか思わせぶりね」

もしもし、元女王様、もしもーし？

「それから」

セクシークィーンは急に真顔になり、おれの顎《あご》を両掌《りょうて》で包みこんだ。三男と同じエメラルドグリーンの瞳《ひとみ》が、負の感情で一瞬《いっしゅんゆ》揺らぐ。

「コンラートのしたことを許して頂戴《ちょうだい》。息子《むすこ》に成り代わって謝るわ」

「ツェリ様が謝ることじゃ……」

「いいえ」

薔薇《ばら》色《いろ》の唇《くちびる》を引き結んで頭を振《ふ》ると、黄金の巻き毛が一房《ひとふさ》だけこぼれた。

「すべての発端《ほったん》はあたくしにあるの。あたくしの無知があの子をどれだけ辛《つら》い目に遭《あ》わせたことか。悔《く》やんでも悔やみきれないくらいよ。でも陛下、これだけは信じてあげて。あの子は決してあなたを裏切ったりはしないわ。きっと何か事情があるのよ。今はまだ明かせない複雑な事情が。だから……」

ツェツィーリエは片手を自分の胸に当て、もう片方の掌でおれの胸に触《ふ》れた。

「あの子を信じてあげて」

真摯《しんし》で冷静な口調は、平素の彼女とは一八〇度違《ちが》った。瞳の奥は慈愛《じあい》に満ちている。背骨の一番下がくすぐったいような感じがした。

なんだよ、やっぱりお袋《ふくろ》さんだな。

どんなに若く見えようと、次々と男を魅了《みりょう》し新しい恋《こい》に夢中になろうとも、彼女はやはり母親なのだ。多分そんな初歩的なことは、おれ以外の誰もが知っていたのだろう。

「……信じてるよ」

女性の顔がぱっと明るくなる。

「コンラッドが理由もなくおれの敵になるはずがない。さっきだって……覚えてないけど助けてもらったわけだし」

引きつる傷を気遣《きづか》いながら見回すが、目の届く範囲《はんい》に彼はいない。

「今はまた姿がないけどね」

「でも生きてる」

ぽつりとヴォルフラムが言った。思ったことがそのまま零《こぼ》れてしまったようだ。

「これ以上の朗報はない」

ずっとこちらを窺《うかが》っていた審判《しんぱん》が、焦《じ》れた足取りで向かってきた。地上に残った方の男だ。共通点が多く、すぐには見分けがつかないが、髭《ひげ》の剃《そ》り跡《あと》の濃《こ》さで判《わか》る。

「もういいだろう救護班。カロリア代表、速《すみ》やかに移動するように。これから殿下《でんか》のお目通りがある」

「お目通り？　偉い人に会わされるのか。面倒《めんどう》だなあ、どうせ園遊会みたいなもんなんだろ。代理でヴォルフが行っといてよ」

「無礼なことを申すな！ 畏《おそ》れ多くも殿下より杯《さかずき》を賜《たまわ》り、直々に願いを申し上げることができるのだぞ」

「そんなの目安箱に入れとくから……って待てよ⁉ 願いが叶《かな》うって、おれ勝ったの⁉ おれもしかして優勝したの⁉」

「今まで気付かなかったのか」

村田とヴォルフラムはあきれ顔だ。三戦目の相手はアメフトマッチョこと、フォングランツ・アーダルベルトだったはず。あんな強そうな筋肉だるまを、どんな卑怯《ひきょう》な裏技《うらわざ》を使って倒《たお》したのだろうか。「卑怯」という予想しかつかないのは、自らの戦闘《せんとう》能力をわきまえているからだ。

我ながらいじましい。

「……しょっと……」

年寄りくさい掛《か》け声で起きあがろうとしたが、足腰《あしこし》に力が入らなかった。この疲労感《ひろうかん》はこれまでと同じだ。魔力を使った後は食欲さえもなくなる。ヨザックに脇《わき》から支えてもらい、おれはようやく立ち上がった。少しずつでも歩いて身体《からだ》を慣らさなくては。

救護員コスチュームのツェリ様の脇を通るときに、元女王は悪戯《いたずら》っぽい笑《え》みを浮《う》かべて、隣の人間と場所を入れ替《か》えた。

フリンは俯《うつむ》いたまま顔も上げず、硬《かた》い声で一言だけ発した。

「……おめでとう」

「うん。あーいや何いってんの、これは一応、あんたの旦那《だんな》の勝利なんだからさ」

返事の何が気に入らなかったのか、いっそう俯いて黙《だま》ってしまう。もっと素直《すなお》に嬉《うれ》しがればいいのに。村田が訳知り顔で耳を弄《いじ》った。

「複雑だねー、乙女心《おとめごころ》は」

修道女クリスティンの甘い罠《わな》時代でも思い出しているのだろう。

案内係の腕章《わんしょう》をつけた男に先導されて、カロリア代表チーム一行は王族席まで歩かされた。勇敢《ゆうかん》な戦士三人と監督兼《かんとくけん》付き人一人だ。

位置としては隣の神殿の中程《なかほど》だったのだが、全身弛緩《しかん》状態のおれにとって、長い階段は非常に厄介《やっかい》だった。膝《ひざ》が笑っていうことを聞かない。

「陛下、よければ背中をお貸ししますよ」

「いいってヨザック。年寄り扱《あつか》いされたくない。ただでさえ年齢《ねんれい》に非常識な開きがあるのにさ」

爪先《つまさき》に力を入れながら、おれは一段一段踏《ふ》み締《し》めながら登った。おまけにさっきから呼吸も苦しい。試合中のいい加減さを反省し、心を入れ替えてきちんと覆面《ふくめん》を被《かぶ》っているのだ。ノーマン・ギルビットの振りは完璧《かんぺき》だが、お陰《かげ》で顔の表面は、汗《あせ》と二酸化炭素でいっぱいだ。

それにしても待遇《たいぐう》が悪い。仮にも優勝チームなのだから、野郎《やろう》どもが担《かつ》ぐ御輿《みこし》に乗せて、パレードしながら運んでくれたってよさそうなものだ。それが無理ならせめて飛んで行っちゃったゴンドラを引き戻《もど》し、うちの親の結婚式《けっこんしき》みたいに降ろしてくれたって……そこまで考えて、小学生の頃《ころ》何度も見せられたVTRが甦《よみがえ》る。やっぱりゴンドラは勘弁《かんべん》してもらおう。

辿《たど》り着いた謁見室《えっけんしつ》はバスケットコートほどの広さだった。壁《かべ》も床《ゆか》も天井《てんじょう》も総黄色だ。もちろん黄系にも色々あるが、この部屋の場合は全《すべ》てがレモンイエロー。頭がくらくらし始めた。

「総金貼りの建物ってのには入ったことがあるけど」

「また村田ぁ、ちょっとばっか過去に詳《くわ》しいからって、フランスとかロシアの貴族生活をひけらかそうってんだな?」

地球の友人は涼《すず》しげな顔で言った。

「いや金閣寺」

「きん……」

「そういえば叔父上《おじうえ》の洗面室が、便器の奥まで黄金だったな」

貴族生活八十二年目、元プリ殿下までそんなことを言う。

金と名のつく物など金属バットと金のエンジェルしか集めたことがなく、おまけに『おもちゃのカンヅメ』も貰《もら》い損《そこ》ねたおれは、人生経験の浅さを一人嘆《なげ》いた。

「まあそう気を落とさずに。オレは金銀真珠《パール》どの部屋にも住んでないですよ陛下。血と汚物《おぶつ》の臭《にお》いの充満《じゅうまん》した、真っ暗な拷問《ごうもん》部屋には七泊《はく》しましたけどね。やー隣《となり》の客がよく叫《さけ》び狂《くる》う客でねえ、悲鳴がガンガン聞こえてくるんですよぅ」

人生経験が浅くて本当に良かった。

上座から三分の一ほどは、黄色の御簾《みす》で仕切られていた。奥には幽《かす》かに人影《ひとかげ》が見えるのだが、顔も性別も確認《かくにん》できない。せっかく異世界の美川憲一が見られると思ったのに、スダレ越《ご》しとは残念だ。

「殿下、大シマロン記念祭典、知・速・技・総合競技、勝ち抜《ぬ》き！　天下一武闘会《ぶとうかい》の勝者であるシマロン領カロリア自治区代表三名及《およ》び補欠一名を連れて参りました」

ここまで一息にまくし立てると、案内係は姿勢を低くして、御簾の向こうからのお言葉を待った。それにしても村田は補欠扱いだったのか。誰《だれ》かが欠場したらこいつが繰《く》り上げされていたわけだ。どんな風に闘《たたか》うのか、触《さわ》りだけでも見てみたかったな。

「殿下、拝謁《はいえつ》を賜りたく……」

案内係がもう一度呼びかけると、目に痛いレモンイエローの奥から美少女アニメのヒロインみたいな声がした。

「殿下じゃないよ、朕《ちん》だよぉ」

え？　なんだよこの典型的な美少女キャラボイスは。語尾《ごび》につく「ですぅ」とか「ですの」がよく似合う、ソプラノとアルトの中間の鼻声は。「なのだ」がつくとはじめちゃんのパパになっちゃうけどね。

おれは声質に驚《おどろ》いただけだったが、案内係は本格的に仰天《ぎょうてん》したようだ。限界まで開いた五本の指で、Ｆカップ巨乳《きょにゅう》を持ち上げるポーズになっている。

「で、殿下ではなく陛下であらせられますか!?」

「そうだよぉ、朕だよぉ」

「こっ、こここれは失礼をばイタメシパスタっ」

駄洒落《だじゃれ》のツボを巧《たく》みに突《つ》いてくる。おれは耐《た》え難《がた》い空腹感を思い出した。

いつの間にか案内係が五人に増え、軽装ながらも武器を帯びた衛兵までもが部屋に入ってきた。殆《ほとん》どの人間が動揺《どうよう》を隠《かく》せない様子で、額やこめかみに冷《ひ》や汗を浮かべている。

どうしてこんなに慌《あわ》てているのだろう。デンカは所詮《しょせん》、代理だったのだから、ヘーカが来てくれれば万々歳《ばんばんざい》じゃないですか。

村田が首を傾《かたむ》けて、他《ほか》に聞こえないように囁《ささや》きかけてきた。

「どんな朕だと思う？　僕の予想じゃ眼鏡《めがね》っ娘《こ》かなー」

「お前は巫女《みこ》さんが好きなんだろ」

しかし予想は大きく裏切られた。この世は実に残酷《ざんこく》だ。

御簾越し美少女声の陛下が姿を露《あら》わにしたのは、駆《か》け込んできた兵士の報告のせいだった。緩《ゆる》やかなウェーブヘアの中年兵は、入り口の警備を突き飛ばしてまでおれたちの近くに来た。一瞬《いっしゅん》、何の式典中かと驚いたようだが、すぐに案内係だった男に告げる。この案内係、仕事の割に偉い人物だったらしい。

「隊長殿《どの》、報告いたします！　地下警備部の申告によりますと、どうやら宝物庫に賊《ぞく》が侵入《しんにゅう》した様子です」

「なにィ⁉」

刑事《けいじ》ドラマみたいな反応をして、案内係兼《けん》隊長殿は髪《かみ》を逆立てた。けれど素晴らしいリアクションを見せてくれたのは、隊長とその場の兵達だけではなかった。

「朕の箱が盗《ぬす》まれたのぉ⁉」

筋張った指が御簾を払《はら》い除《の》けて突き出され、やんごとなき立場の大シマロン王が飛び出してきた。石もないのにつんのめって倒れかかり、痩《や》せた腕《うで》でスダレに縋《すが》る。レモンイエローの和風カーテンは、大人の体重に耐えきれず引きちぎれた。

「ベラール陛下！」

無様に転ぶ異国の王様を前にして、おれは助けることもできずに硬直《こうちょく》していた。だって、眼鏡っ娘でも巫女さんでもなかったのだ。

「お、おっさん⁉」

おっさんなのにこの声では、躊躇《ちゅうちょ》してしまうのも頷《うなず》ける。

ぽっきりいきそうな手足を隠すのは、赤青の縦線の入った黄色い布だ。美川、小林とまではいかないが、日本の信号機程度には派手である。赤みがかった茶色の頭髪《とうはつ》は、見事なマッシュルームカットだった。エラの目立つ顎《あご》と痩《こ》けた頬《ほお》。どんなモンスター映画でも、一人だけ生き残りそうな狂気の眼差《まなざ》し。

そして男なのに……それも四十近くのおっさんなのに、典型的な美少女アニメ声。

凄《すご》い違和感《いわかん》だ。

ベラール陛下と呼ばれたシマロンの主は、家臣に助け起こされながらも訊《き》き続けた。

「ねえ、箱は？　朕の箱は盗まれちゃったのぉ？」

「大丈夫《だいじょうぶ》です陛下。上に古布など載《の》せて、価値のない物と偽装《ぎそう》したのが功を奏しました。盗賊《とうぞく》は魔王《まおう》像といくつかの装飾《そうしょく》品を持ち去った様子です。箱には手をつけられていませんでした」

「魔王像？」

ベラール・信号機陛下は窪《くぼ》んだ目を丸くした。

「あの、頭がゾウのやつぅ？」

「はい。恐《おそ》らく、悪魔信仰《しんこう》の信者どもと思われます」

「純金でも法石でもないよぉ、あんなもの盗んでどう使うんだろうねぇ」

村田が、あちゃーという顔をした。悪魔を崇拝《すうはい》していた過去でもあるのだろうか。まさか修道女クリスティンさんの甘い罠とは、悪の道への誘惑《ゆうわく》だったのでは。

問い質《ただ》そうと顔を向けていると、彼の背後の若い兵士が目に入った。男は自覚のない独り言で、唇《くちびる》だけを動かした。

箱よりは余程《よほど》、価値があるさ。

未知の恐怖《きょうふ》をもたらす『風の終わり』は、全ての民《たみ》に支持されているわけではないらしい。

「とにかくよかったぁ、盗まれたのが箱じゃなくてぇ」

「ですが陛下……賊の侵入を許した警備兵達が、妙《みょう》なことで揉《も》めておりまして」

「妙なこと？　なーに？」

くるんと内側にカールしたマッシュルームを強く振《ふ》る。サイズモア憧《あこが》れのロン毛よりははるかに短いので、王といえども軍人階級ではないのだろう。

異国の王室の日常を見物することとなり、おれたちチーム・シマロンは完全に緊張感《きんちょうかん》を無くしていた。こうなると疲労《ひろう》や空腹が気になり始める。

山田くん、座布団《ざぶとん》とお茶持《く》ってきてー。

「殆どの兵は不意打ちを食らったと主張するのですが、一部に不相応な金銭を所持する者がおりまして……そ奴等《やつら》は気を失っている間に懐《ふところ》に入れられたのだとか、知らぬ間に握《にぎ》っていたとか申すものですから……同じ部隊の兵士間で、ちょっとした不平等が起こっておりまして」

「なぁんだぁ、不平等ぉ？」

半分だけぶら下がった御簾の向こうに、まだ数人の人影が残っていた。側用人《そばようにん》でも控《ひか》えているのだろうか。だが、ちらりとそちらに向けたおれの関心は、ベラールの甲高《かんだか》い叫びですぐに引き戻された。

村田もヴォルフラムもヨザックも、それどころか兵士達まで虚《きょ》を衝《つ》かれている。

「不平等なのはしょうがないよぉ、この世は不平等に満ちてるんだもぉん！　だってほら」

緩《ゆる》い袖《そで》を捲《まく》り上げ、関節の目立つ細い二の腕を見せつける。乾燥《かんそう》し、生気のない黄色い皮膚《ひふ》には、二本のラインが刻まれていた。

「……刺青《いれずみ》？」

まるで濃緑色《のうりょくしょく》の包帯を、二本平行に巻いたように見える。はっきりとは確認できないが、細かな紋様《もんよう》が繋《つな》がって線状になっているみたいだ。

「ほら、ね？　ね？　こんなにそっくりなんだよぉ？」

比較《ひかく》の対象が判《わか》らずに、おれはただ黙《だま》り込むしかない。

王は徐々《じょじょ》に高揚《こうよう》し、それにつれて声の調子も上がる。ヒステリックな高音に、ヴォルフラムの指は無意識に剣《けん》へと伸《の》びた。

「こんなにそっくりに作っても、朕には箱が使えないんだもぉん！　父上も伯父《おじ》上も先々代も、みんな同じように作ったのにねぇ！　名前もみぃんなベラールにした、父も息子も先々代もみぃんなベラールなのに。なのにだぁれも本物の『鍵《かぎ》』にはなれなかったんだよぉ、ベラール一世の腕も二世の腕も役に立たないんだよぉ」

着込んだままの外套《がいとう》の中で、全身に鳥肌《とりはだ》がたつのを感じた。

左袖を捲った シマロン王は、乾《かわ》いた笑いを部屋中に響《ひび》かせる。

「平等じゃないよぉ！　不公平だよぉ、不公平だよぉ！　朕《ちん》もウェラー家に生まれればよかったのにねぇ」

聞き慣れた単語を耳にして、おれたちは体を固くする。どうしてシマロンの王室で、ウェラー卿《きょう》の名前が語られるのか。

「そしたら自分が鍵になれたのにねぇ……そしたら伯父上にも優《やさ》しくしてもらえたのにねぇ……」

狂気《きょうき》の叫《さけ》びが、次第《しだい》に嗚咽《おえつ》に変わる。同時に身体《からだ》からも力が消え、がくりと床《ゆか》に両膝《りょうひざ》を突く
「……父上も弟も……亡《な》くならずに、すんだのにねぇ……」

「見苦しいぞベラール四世」

指導者らしい威厳《いげん》を感じる男の声に、陛下と呼ばれた人は反射的に顔を上げた。虚《うつ》ろになりかけていた茶色の瞳《ひとみ》が、怯えて瞳孔《どうこう》を収縮させる。

「殿下《でんか》！」

兵士達全員が背筋を正し、御簾《みす》の向こうに身体を向ける。この新たな登場人物のほうが、明らかに家臣の尊敬を集めているようだ。

「……殿下？」

おれは隣《となり》の物知りくんに、手で口を覆《おお》いながらそっと尋《たず》ねた。

「普通《ふつう》は殿下より陛下のが偉《えら》いんだよな」

「地位は上だね」

おれとヴォルフラムの関係に照らし合わせればよく判る。どう見ても彼のほうが偉そうだ。

……ありゃ。もっとも三男坊《ぼう》の場合はプリンスの前に元が付くから、やっぱり彼のほうが態度もでかくて偉そうだ……ありゃりゃりゃ。

引きちぎられ、半分になった御簾の奥から、「殿下」が姿を現した。床に転がっていたベラール四世は、子供みたいに身を縮めた。

「でも、権力に関してはどうかなー」

この男があの、派手派手ゴンドラで降りてきた人物だろう。確かに「殿下」は陛下よりも権力を持つようだった。彼が入ってきたことで謁見室《えっけんしつ》の空気は引き締《し》まり、不満げな表情の者は一人もいなくなる。

「……伯父上……」

なるほど、彼がベラール陛下に優しくないという伯父君か。見たところ人間年齢《ねんれい》で七十は越《こ》えているようだが、杖《つえ》にも頼《たよ》らず矍鑠《かくしゃく》としている。軍人定番の長髪《ちょうはつ》と立派な口髭《くちひげ》は、半分以上が白くなっていた。

しかし衣装は小林幸子、背中に駝鳥《だちょう》の羽なんか背負って宝塚調《たからづか》。老化のせいか眼球が白濁《はくだく》しているが、残った一方の眼差しは強く鋭《するど》く、猛禽類《もうきんるい》を思わせた。年代的には男盛りであるはずの四世陛下は、伯父に比べるととても大人とは思えない。腕を摑《つか》まれて荷物みたいに運ばれている。

「はて、わたくしは陛下に、勝者の祝福をお願いしましたかな」

語調こそ穏《おだ》やかで丁寧《ていねい》だが、力関係の逆転は明らかだった。大シマロンでは当代王陛下よりも、王位に就《つ》かない殿下のほうが格上なのだ。

よその王室の家庭事情を垣間《かいま》見てしまい、カロリア代表組はすこぶる居心地《いごこち》が悪い。

「お願いすると申しましたかな、ベラール四世陛下」

「……いいえ……仰《おっしゃ》いませんでした、ベラール二世殿下」

ええっ、またベラちゃんかよ⁉

親戚《しんせき》内で同じ名前をつけるのはやめろ。当人達は納得《なっとく》して呼び合っているのかもしれないが、客としては混乱して仕方がない。

「陛下も殿下もベラールなのか……なんか宗教的な理由でもあるんかな」

おれの呆《あき》れた呟《つぶや》きを、村田が小声で窘《たしな》める。

「しーっ、名前に関してはちょっと知ってるから、後でゆっくり教えるよ」

なにしろ彼は双黒《そうこく》の大賢者《だいけんじゃ》だ。命名の秘密くらい常識に違《ちが》いない。

二世殿下は指先で髭《ひげ》を扱《しご》き、甥《おい》に向かって冷たい言葉を投げた。

「陛下の役割は、大人しく玉座に座り、何も口をきかぬことと申しませんでしたかな」

「仰いました……でも朕は、少しでも殿下のお役に立とうとぉ」

「余計なことをなさらぬよう！」

屈強《くっきょう》そうな老人に一喝《いっかつ》され、四十近くの男が泣き崩《くず》れる。

おれの中の道徳心が、またしても頭をもたげかけた。

甥が純粋《じゅんすい》な好意からしたであろうことを、「余計」というのはあまりに心が狭《せま》いんじゃないのか？　確かに、えーと儒教的《じゅきょう》、な精神からすると、問答無用で年長者が偉いのかもしれないけれど、だからって一応は「陛下」なんだから、もう少し敬意をもって接してやってらどうだ。ただでさえ自信喪失《そうしつ》気味のベラール四世が、今以上に萎縮《いしゅく》しちゃったら国民だって困るだろう？

いやこれはおれ自身が新前陛下で、自信喪失気味だから言ってるんじゃないぞ。

「あのな……」

「やめておけ。敵国で倫理《りんり》を諭《さと》してどうする」

本題どころか枕《まくら》部分にさえかからないうちに、ヴォルフラムに釘《くぎ》を刺《さ》されてしまいました。

「申し訳ありません伯父上、でもあのぉ……ウェラー卿がぁ」

今にも泣き出しそうな四世陛下は、馬糞茸《ばふんだけ》カットをゆっくりと左右に振った。

どうしてこんなに同情を引くのかと思ったら、後ろ姿では声だけしか聞こえないからだ。正面から見たらどんなに泣かれても、いい歳《とし》してェとしか思えない。

「朕は伯父上の役に立ちたくてぇ……厄介者《やっかいもの》と思われるのが、辛《つら》いのです……だって……コンラートが来てから、伯父上はあの男ばかりをぉ……」

思わず駆《か》けだしそうになるおれの身体を、三人が揃《そろ》って引き留めた。左右の袖と後ろの裾《すそ》を掴まれては、伯父と甥に駆け寄って問い詰《つ》めるのは不可能だ。

もう一度言え！　ベラール四世、もう一度！

ウェラー卿コンラートがどうしたって？

だが、啜《すす》り泣く相手に問い質《ただ》す必要はなかった。御簾の奥にいた人物が、王を宥《なだ》めるべく中央まで進み出たからだ。

「私のことなど気に病《や》まれぬよう。二世殿下はあなたを厄介者などとは思われませんよ」

形だけの王の弱々しい背中に手を置いて、彼は静かに言葉をかけてやった。口元には穏やかな微笑《ほほえ》みさえ浮《う》かべて。

ついこの間までおれのことを陛下と呼んでいた男だ。何度やめろと頼《たの》んでも、いつもの癖《くせ》でつい口にしてしまうのだと。

「さあ陛下、部屋で少し休まれるといい。後の儀式《ぎしき》は殿下が取り仕切りましょう」

隅《すみ》から隅まで全《すべ》ての血が、一滴《いってき》残らず爪先《つまさき》から流れだすような気がした。

おれは御簾向こうの第三の登場人物を睨《にら》み据《す》えた。

なるほど、ウェラー卿コンラート。

「……あんたの新しい『陛下』は、その男か」

自分では冷静なはずなのに、身体の震《ふる》えが止まらない。

5

会わない数十日の間に、彼に何があったというのか。

ウェラー卿コンラートは先程《さきほど》と同じく黄色と白の軍服を身に着け、長い脚《あし》を組んでシマロン側の席に座った。大シマロン王の伯父であるベラール二世殿下のすぐ後ろだ。数字に弱いおれの計算では、別れてひと月かそこらしか経《た》っていないはずだ。なのに以前より少し年長に見える。何歳とも表現できないくらい僅《わず》かだが。

案内係兼《けん》隊長が、大慌《おおあわ》てでおれたちに言った。

「カロリア代表、こちらに御座《おわ》しますは大シマロン王国ベラール二世殿下である。畏《おそ》れ多いぞ、控《ひか》えおろ控えおろ」

そんなにオロオロ言われなくても、自分の立場くらいは弁《わきま》えている。

今のおれはシマロン領内の委任統治者、銀の仮面のノーマン・ギルビットでしかない。大陸中は両大国によって征服《せいふく》されたのだ。言ってみれば目の前の老人は主人の伯父で、実質的なボスともいえるだろう。

だからといって跪《ひざまず》いたり平伏《ひれふ》したり、靴《くつ》を舐《な》めたりするのは嫌《いや》だ。おっさんの手にキスするのももっと嫌だ。特にコンラッドが……彼はもう、おれの知っている彼ではないのかもしれないが……新しい主《あるじ》と決めた相手になど、意地でも服従の態度を見せたくなかった。

だが、ここでノーマンでないことを指摘《してき》されたら、フリンばかりかカロリアの人々にまで迷惑《めいわく》がかかる。

おれは妥協《だきょう》して軽く頭を下げた。会釈《えしゃく》くらいじゃ日本製のプライドは傷つかない。なるべく青年領主っぽい口調になるよう努力しつつ、先方を立てる挨拶《あいさつ》を捻《ひね》りだす。

年賀状の文句より抜粋《ばっすい》。

「……ベラール二世殿下《でんか》におかれましてはー……えー、ご健勝そうで何よりであります」

夏の大会の選手宣誓《せんせい》でさえ経験のない身には、王族への言葉など想像もつかない。二世殿下はゴキブンをガイしなかったでしょうか？　だいたい二世二世って、あんたは議員かタレントかっつーの。

困ったときのムラケン頼《だの》みと横を窺《うかが》うと、退屈《たいくつ》そうに欠伸《あくび》を堪《こら》えていた。

大物だ。

「シマロン領カロリア代表の勇敢《ゆうかん》な戦士達よ。まずは知・速・技・勝ち抜《ぬ》き！　天下一武闘会《ぶとうかい》、略してテンカブの優勝を祝福する」

たとえ内心では自国が破れた屈辱感《くつじょくかん》で怒《いか》り狂《くる》っていようとも、上に立つ者は理性的でなくてはならない。

「諸君らの勇猛果敢《ゆうもうかかん》かつ戦略的な闘《たたか》いぶりは、我等シマロン国民の胸をさえ打ったぞ」

喋《しゃべ》りに合わせて口髭が動いた。おれはその愉快《ゆかい》な上下運動に注目し、背後に控える人物から必死で視線を逸《そ》らした。

「ありがとうございます。選手一同力を合わせ、勝利へ向けて一丸となって挑《いど》みました」

本当にこんな、球技大会の感想風な会話でいいのだろうか。

老人が軽く手を動かすと、従者らしき小柄《こがら》な男が摺《す》り足で寄ってきた。

「カロリア代表に祝福の杯《さかずき》を」

酒は飲みません、スポーツマンなので禁酒禁煙《きんえん》ですと断る間もなく、おれとヴォルフラムとヨザックは、それぞれ小さな杯を手渡《てわた》されてしまった。石でできた脚《あし》つきのリキュールグラスだ。量としてはお袋《ふくろ》が使う料理酒よりも少なそうなので、仕方がないかと諦《あきら》める。

「それはギレスビーの聖水と呼ばれる力水である」

幸いなことにアルコールではなかった。

「古き支配者とされる三王家のうち、力自慢《ちからじまん》のギレスビー家最後の王が、世を儚《はかな》んで身を投げたとされる井戸《いど》の水だ」

「うく」

待て待て待て、おれ。身を投げたとは言ってないじゃないか。投げたとされる、だ。この三文字が特に重要なのだ。

「ちなみに遺骸《いがい》は上がっていない」

「うげく」

多分それは最初から遺体なんか存在しないからだろう。気色の悪い伝説に振《ふ》り回されて、おもてなしの儀式を断るのも大人げない。相手の気持ちを台無しにしてもいけない。腹をくれ渋谷ユーリ。ワールドワイドに考えれば海の水だって死骸入りだ。プランクトンとかね。

「で、では遠慮《えんりょ》なく……」

観念してグラスを口元に運ぼうとすると、ヨザックに腕《うで》を摑《つか》まれた。

「縁起物《えんぎもの》のようです、陛……ノーマン様、よろしければこちらを」

「ははん?」

すかさず杯を交換《こうかん》される。ヨザックが一口飲んだものだ。反射的に訊《き》き返そうとしたが、すぐに理由を思い出した。彼は素早《すばや》く毒味を済ませ、安全を確かめた上でおれに渡《わた》したのだ。

「でもそれは……」

酒を配った大物殿下を疑うことになる。無礼な行為《こうい》ととられないだろうか。

「最も縁起のいい杯こそ、自分等の長に捧《ささ》げたいのです。ベラール二世殿下、この気持ちを汲《く》んでいただけましょうか」

「勿論《もちろん》だ。さあノーマン・ギルビット殿《どの》、その杯を飲み干すがよい」

縁起がいいってどういうことだと思ったら、水の中に赤い物体が沈《しず》んでいる。

「あの、これ……ペットの金魚が紛《まぎ》れてるんですけど……？」

元気に尾鰭《おひれ》を振っているんですけど。

「いや、縁起物である。どうぞ一息に」

「金魚だよ⁉」

もしやヨザックは小魚の躍《おど》り飲みに挑戦《ちょうせん》するのが嫌で、おれとグラスを交換したのではないか。大切な部下まで疑いそうになる。よーし、さっき以上に腹をすえろ渋谷ユーリ。試《ため》される魔王《まおう》、試されるノーマン・ギルビット。

「……んっ……おくっ……ぷは」

まずーい、もういっぱ……条件反射とは恐《おそ》ろしい。歯を当てないように一気に流し込んだので、金魚ちゃんを飲んだという実感はなかった。だが決してもう一度やりたい儀式ではない。

「凄《すご》いぞ渋谷、きみの中に小さな命の灯火《ともしび》が」

「やめろー、罪悪感で泣きたくなる」

「さて、カロリア代表ノーマン・ギルビット殿」

老殿下が話し始めたので、おれはまた口髭《くちひげ》に注目した。どうしても殿下背後の人物に視線が向きそうになるが、それを必死で我慢《がまん》する。

「実に見応《みごた》えのある勝負であった。特に最終曲線でのシッジの逃《に》げ切りは、久々に競羊でも開《かい》催《さい》したくなった」

おや、ベラール二世殿下はシープマスター・メリーちゃんと同郷の出身だろうか。

「更《さら》に決勝戦の三戦目、ギルビット殿《どの》本人の闘いぶりは手に汗握《あせにぎ》った。高所から、しかも硝子《がらす》越《ご》しだったので声は聞こえなかったが、あれは何だ？　呪文《じゅもん》を唱えるだけで気象をも操《あやつ》る魔術なのか」

「あれが噂《うわさ》の超魔術《ちょうまじゅつ》です。お台場の新社屋も消してみせます」

ただし随分《ずいぶん》前にブームは過ぎました。最近はもっぱら北関東弁です。

「しかし、カロリアの委任統治者であるノーマン殿が、何故魔術など使えるのか。聞けば魔力は修行や鍛錬《たんれん》ではなく、魂《たましい》の資質というではないか」

老化のために白濁《はくだく》したベラールの右目が、やけに鋭《するど》く睨《にら》んでいるような気がする。

「規定では代表三人のうち一人が当該《とうがい》地域に属するものとされているから、他《ほか》の二人がはぐれ魔族であっても違反《いはん》にはならぬ。だがノーマン殿が魔族の生まれであるとは、ついぞ耳にしたことはないが」

「ノーマン・ギルビット……つまり私の土地カロリアは、古《いにしえ》にはウィンコットの発祥《はっしょう》の地でした。殿下もお心当たりがおありでしょう、他ならぬ私の妻女にウィンコットの毒を所望《しょもう》されたくらいですからな」

殿下は両の目を平等に眇《すが》めた。夫婦間にも秘密くらいあると思っていたのだろう。

「ご存知のとおりウィンコット家は海を越え、新たな土地で魔族の名家となりました。だが、血を分けた者たちが大陸に残っていなかったとどうして言い切れましょう！　どうやら私の魂と血肉には、廻《めぐ》り廻ってウィンコットの資質が多く備わっている様子。そのような人間も稀《まれ》には生まれます」

嘘《うそ》八百万だ。神様の数だけ嘘がある。

「なるほど。それでこのような法力に支配された土地においても、魔族のごとく術が使えるというわけか。実に羨《うらや》ましい話だ。アーダルベルト・フォングランツを相手に退《ひ》くことなく、寧《むし》ろ向かっていった勇気にも感服した。アーダルベルトという男は、厳しい国内予選を勝ち抜いた代表戦士達を、ふらりとやってきて全《すべ》て打ち負かしたのだ。それを戦闘《せんとう》不能まで追い込むとは見事。お陰《かげ》で……」

ベラール二世殿下はちらりとウェラー卿《きょう》を見た。

「剣術《けんじゅつ》で名高い家系のウェラー卿が、活躍《かつやく》する機会を失ってしまったがな。そういえば、上からで会話は聞こえぬが、試合前にコンラートと何事か話しておったろう。あれはどのようなことを取り決めておいたのか。それともノーマン殿、我が同胞《どうほう》コンラート・ウェラーと、以前どこかで知り合っておいでかな」

「以前、というか」

絶対に見ないと心に決めていたのに、ウェラー卿に視線を合わせてしまう。腕を組んで背もたれに寄り掛《か》かり、軍靴《ぐんか》の足先が不規則に揺《ゆ》れて、宙に意味のない模様を描《えが》いていた。

おれたちが知り合いかどうかなんて、馬鹿《ばか》げたことを訊いてくれる。教えてやるよ、意地の悪い老権力者。

コンラッドとおれは……。

左脇《ひだりわき》でヴォルフラムが、額を抑《おさ》えて俯《うつむ》いた。特に顔色は変わっていない、だが耳が真っ赤に染まっている。多分、怒《いか》りか悲しみで。

「……直接は」

銀のマスクをきっちりと被《かぶ》ったノーマン・ギルビットは、歯を食いしばってゆっくりと頭を振った。

「ただ、他国の陣営《じんえい》で見かけたような気がして。この国に来られる以前には、他の方の兵であったのではないかと」

「そうなのかね？」

ウェラー卿は心の伴《ともな》わない笑《え》みを浮《う》かべ、大シマロンの権力者に短く応えた。

「長いこと兵士として生きてきたので」

「私が見たときはっ」

握《にぎ》り締《し》めた拳《こぶし》の爪《つめ》が、自分の掌《てのひら》に食い込んで痛む。治してもらったはずの首の皮膚《ひふ》が、脈動する血管に押されて引きつった。

「私が見たときは、ベラール四世ではない方を『陛下』と呼ばれていたような」

「ああ」

膝《ひざ》の上で組まれた長い指を、おれは呆然《ぼうぜん》と見詰《みつ》めていた。ホームベースの後ろにしゃがんだら、心を読むのがおれの仕事だ。半人前にも届かない素人捕手《しろうとほしゅ》だから、敵味方全員の頭の中は覗《のぞ》けない。けれど一番近い人のことくらい少しは感じ取れていたはずなのに。

今はもう、コンラッドに手が届かない。

「ついそうお呼びしていましたね。先の主《あるじ》はいつもご自分で、陛下と呼ばぬようにと仰《おっしゃ》っておいででしたが」

その願いがこんな形で叶《かな》おうとは。

「あなたのことも……そう呼ばぬよう努めるつもりです」

村田がこちらを窺《うかが》っている。おれが切れて爆発《ばくはつ》するのが心配なのだろう。ヴォルフラムは半歩間を詰《つ》めて、おれの左腕《ひだりうで》に肩《かた》をつけた。感情で急に上昇《じょうしょう》した体温が、そのまま流れ込んでくるようだった。

そんなに心配しなくても、ノーマン・ギルビットのままで我を忘れたりはしない。

「さて。そろそろ本題に入ろうか」

眞魔国《しんま》のことなど仮想敵国としてしか興味のないベラール二世は、こちらのことなどお構いなしに話題を変えた。いい加減、自国以外を褒《ほ》めるのにも飽《あ》きたのだろう。

試合後すぐに連れてこられたチーム・カロリアの面々は、疲労《ひろう》と空腹で今にも立ち眩《くら》みがしそうだ。それでもおれは、他の二人よりはマシかもしれない。小さいとはいえ魚を一匹《ぴき》食っているからだ。

吐《は》きそう、ていうか泣きそう。

「優勝者にもたらされる恩恵《おんけい》については聞き及《およ》んでいるだろう。慈悲《じひ》深き我等大シマロンが、健闘《けんとう》を讃《たた》えて勝者の願いを聞き届けよう。ただし、諸君等はカロリア地域代表である。属する土地に関連することを申し出るように。もう結論はでているかね？」

恐らく殆《ほとん》どの参加者が、エントリー前に願い事を決めているだろう。参加することに意義があるなんて言っていられるのは、シマロンに領土化されていない第三者くらいのものだ。ヴォルフラムとヨザックは善意の第三者だが、おれの場合は少々複雑だ。

眞魔国の新前《しんまい》魔王でありながら、あるときはカロリアの覆面《ふくめん》領主。今は亡《な》きノーマン・ギルビットとしての責務を果たさなければならず、同時に魔族のデメリットになるような要項《ようこう》は決して選べない。

今大会に関してはおれたちも事前に決めていた。カロリアの国力も認知度も跳《は》ね上がるし、眞魔国としてはこの世の脅威《きょうい》を一つ減らせる。

大シマロンが保有している史上最悪最凶《さいきょう》最終兵器、「風の終わり」の奪取《だっしゅ》作戦だ。

おれは深く息を吸い込み、眩暈《めまい》を抑えながらお待ちかねの台詞《せりふ》を言った。早く済ませてしまいたかったのだ。そうせずにじっくりと考えたら、ウェラー卿の解放をとか愚《おろ》かなことを言いだしそうだ。

誰《だれ》かに強《し》いられてあの場所にいるのでない限り、おれの願いは聞き遂《と》げられない。

「我々カロリア代表の願いは、風の終わ……」

「そういえば私が以前、仕えていた主は」

願い事を無理やり遮《さえぎ》るみたいに、ウェラー卿が言葉を挟《はさ》む。

「天に願ったせいか強力な兵器を手にする機会に恵まれました」

「ほう、それはどの程度の威力《いりょく》だ？」

誰のことよ、というエピソードだ。

たちまちベラールが食い付いてくる。白濁した右目にも光が戻《もど》り、豊かな口髭《くちひげ》がモゴモゴと動いた。「風の終わり」まで入手していてからに、もっと強い兵器を揃《そろ》えようというのか。

人間の欲望には限りがなく、人間の不安には解決法がない。こんな哲学《てつがく》的な一文を作ってみても、おれ自身が欲望の塊《かたまり》であることは変わらない。

白髪《はくはつ》と髭の老殿下《でんか》は、ウェラー卿の話にご執心《しゅうしん》だ。

「発動すれば、都市が一つ消滅《しょうめつ》するくらいの力を持っていましたね。ただし扱《あつか》える者はたった一人に限定されていて、他の者が持てばただの不気味な金属でした」

「用途《ようと》の少ない兵器だな。保有しても役立つとは思えない。もっとも我々と箱の関係のように、制御《せいぎょ》し操れる『鍵《かぎ》』も同時に手に入れれば問題はないが」

「そうか」

「どうしたユー……ノーマン・ギルビット？」

ヴォルフラムが不自然なフルネームで聞き返す。人間に雇《やと》われたはぐれ魔族の傭兵役《ようへい》にしては、見た目が美しすぎるのが難点だ。

「コンラッドがここにいるわけが判《わか》ったよ」

「洗脳という可能性も捨てきれないが」

「そうじゃない。彼は『鍵』だから、シマロンにとってはどうしても必要な人物なんだ」

ベラール二世は都市壊滅《かいめつ》の破壊《はかい》力を持つ兵器について、詳《くわ》しく聞きたがっている。待たされる身をいいことに、おれたちは小声で相談を続けた。

「大シマロンがフリンからウィンコットの毒を仕入れて、おれたちを狙《ねら》ってギュンターをおキクにしたのは、箱の鍵が必要だったからだ。そうだろ？　コンラッドの左腕と、彼を意のままに操《あやつ》るウィンコットの毒さえあれば、箱はいつでも必要なときに発動させられる」

「ということはコンラートは今、ウィンコットの毒に支配されているということか？　いやそれは肯定《こうてい》しかねる推論だぞ。まず第一にウィンコットの毒の被害者《ひがいしゃ》を操れるのは、当のフォンウィンコット家の血族でなくてはならない。兄上が全員を調査したが、血の濃《こ》い者の行方《ゆくえ》は全員はっきりしているそうだ。誰一人《だれひとり》この大陸には渡《わた》っていなかった。次に毒の被害者だが……冒《おか》された者はあんなに健勝そうではないぞ。ぼくはこの目で実際に雪ギュンターを見ているからな。雪とおキクの恐《おそ》ろしさは知っているつもりだ」

「ああー、そうかー」

仮死状態のフォンクライスト卿《きょう》を思い出し、一瞬《いっしゅん》背筋が寒くなった。雪ギュンターとやらにお目にかかったことはないが、ヴォルフラムがここまで言うのだから相当な恐怖《きょうふ》なのだろう。できれば一生会いたくない。

「彼は彼の意志でここにいるんだよ。少なくとも僕にはそう見えるね」

人差し指で眼鏡《めがね》を押し上げながら、村田が神妙《しんみょう》な口調で言った。もちろん眼鏡はかけていない。指が覚えている長年の癖《くせ》だ。

「だからウェラー卿自身が納得《なっとく》しない限り、他人が何を言おうと戻りはしないだろうな」

でも何故、眞魔国と敵対するシマロンに、箱と鍵の両方を揃えてやらなければならないんだ？

だってあんたは誓《ちか》ったんだろう？　おれと同じ十六の歳《とし》に、この先の人生を魔族として生きると。

「……やっぱり、箱を取り戻す。そうすればもしかして……コンラッドも……」

「勘違《かんちが》いをするな」

「え？」

恐らく今、誰よりも同じ気持ちだろうに、ヴォルフラムは真正面を見据《みす》えたままだ。握り締めていた両手の指を広げ、殊更《ことさら》ゆっくりとした動作で腕《うで》を組む。少し背中を反らし気味に立ち、右脚《みぎあし》の爪先《つまさき》をウェラー卿に向けていた。しつこいようだが腰《こし》は大丈夫《だいじょうぶ》なのだろうか。

おれはといえば掌の汗《あせ》を頻《しき》りに腿《もも》に擦《こす》りつけ、ともすれば自分の靴《くつ》ばかり見ていた。借り物の銀のマスクの下で、情けなく溜《た》め息ばかりついていた。

「勘違いをするなと言ったんだ」

「なんだよ、なにも勘違いなんて……」

「お前が天下一武闘会《ぶとうかい》に参加したのは、コンラートを自分の手に取り戻すためか？」

「それは」

「もちろんぼくの知ったことではないが、お前は何を約束したんだ？　あの生意気な女や、港でお前を見送った薄汚《うすよご》れた連中や、走って追いかけてきて転んで泣きながら手を振《ふ》った、鼻水まみれの不衛生な子供に、何かを約束したんじゃないのか」

「……したよ」

カロリアの代表として、名誉《めいよ》をかけて大シマロンと闘《たたか》ってくると。

「その結果として得るものが、失踪《しっそう》していたコンラートの身柄《みがら》でいいのか」

「でもヴォルフ……」

「ぼくだって同じだ」

もちろん、同じ気持ちだ。大切な兄が敵国の権力者に国家に仕え、戻ろうとしないのは辛《つら》いだろう。できることなら勝者の権限を使って、弟として強引《ごういん》にでも連れ帰りたいだろう。

「だがこれは、ぼくらの権利じゃない。お前の被《かぶ》っているふざけた覆面の男の権利だ」

いや、より正確に言うならば、カロリアに生き、カロリアを愛する人々の権利だ。

「箱を得る理由がコンラートのためだというのなら、それはお前の勘違いだ。誰の勝利なのかを忘れるな。自分が誰なのかを忘れるな」

そうだ。他人を演じると決めたのなら、幕が下りるまで完璧《かんぺき》にこなさなくてはならない。ノーマン・ギルビットが手にする栄冠《えいかん》は、カロリアの民《たみ》のものであるべきだ。名誉が欲しいなら、それは国家のため。箱が欲しいなら、それは人々のためでなくては。

あの日港で別れた人達の許《もと》へ、胸を張って帰還《きかん》できるよう。

「……ところが私が忠誠を誓った王は、その兵器を保有しようとは思わなかったんです」

一際《ひときわ》高くなった会話が、顔を上げたおれの耳に飛び込んでくる。組んだ長い脚に指を乗せたまま、コンラッドは子供に言い聞かせるよう続けた。

「起爆《きばく》装置とも呼べる重要な一部分を、部下に渡して廃棄《はいき》させてしまったのですよ」

「なんと愚かなことを！　その王よ、国家もろとも呪《のろ》われるがよい！」

知らず知らず眉間《みけん》に皺《しわ》が寄っていた。

悪かったね。おれがその愚かな王様だよ。ていうかあんたンちこそ呪われるぞ？　昔から、人を呪わば穴二つって言うじゃないか。そういう失礼な発言する老殿下の国は、宝物庫中全部呪《のろ》いグッズに変わってしまえ。

「それが賢《かしこ》かったのかどうか、すぐには結果はでないでしょうが……しかしそれも若い陛下なりに考えてのこと。あのときはあれが最良の選択《せんたく》だったと、俺は今でも信じています」

魔剣《まけん》モルギフを稼働《かどう》状態では持ち帰らない、独断でそう決めたのはおれだ。

コンラッドは何一つ否定しなかった。

「……ちぇ……」

何が今でも信じています、だよ。一人で勝手に向こう岸に渡っちゃって。もしかしたら昔、斬《き》り合ったかもしれない老人と、和《なご》やかなムードで喋《しゃべ》っちゃってさ。

おれは怠《だる》い腕を持ち上げて、ノーマン・ギルビットの仮面を指で撫《な》でた。被った状態がどうなのか自分の目では見えないから、指と爪《つめ》と掌《てのひら》を押し付けて、男の顔がどうなっているのかさんざん試《ため》した。

「……ちょっと聞いてくれよ」

視覚よりも触覚《しょっかく》で、今は亡《な》きカロリアの領主の顔を確認《かくにん》した。それから精一杯《せいいっぱい》声を張り上げ、ベラール二世の注意を引き戻した。

「聞いてくれ！」

「ああ、希望の品が決まったか」

「決まったよ、決まりました。でも品物じゃない、手には摑《つか》めない」

「え？」

不意を突《つ》かれたヨザックだけが訊《き》き返した。彼はずっと、おれが箱を所望《しょもう》すると思いこんでいたのだ。

ヴォルフラムが真っ直《す》ぐに兄弟を見詰《みつ》め、おれは視線で負けないように髭殿下《ひげでんか》を睨《にら》み付ける。

村田は呆《あき》れた、でも少し楽しげな溜め息をつき、こうなると思ったと呟《つぶや》いた。

「私ことノーマン・ギルビットは、カロリアの独立と永久不可侵《ふかしん》を希望する」

6

特殊《とくしゅ》な組み合わせ四人衆は、黄色い壁《かべ》に張りついて緊張《きんちょう》していた。

「たたた大変なことになっちゃったっスよ⁉」

数え切れない程《ほど》の警備兵が廊下《ろうか》を走ってゆく。ダカスコスは鍵穴《かぎあな》から目を離《はな》し、連れの三人を振り返った。右目にはくっきりと丸い跡《あと》が残っている。

「やばいです。この上もなくやばいです。女房《にょうぼう》の実家で粗相《そそう》をしちまったときに似てます」

「なるほど、ダッキーさんのご内儀《ないぎ》は素晴《すば》らしい家柄《いえがら》のお嬢様《じょうさま》なのですね。ではきっと頰《ほお》は煎《い》れかけの紅茶のようで、唇《くちびる》は深海の魚卵のごとき紅色なのでしょうね」

こんな時だというのにステファン・ファンバレンは、女性を賛辞する用語に事欠かない。

「なんかそれうちのプリンちゃんを褒《ほ》めてくれてるんスか？　あああっそく記録紙に書き留めておかないと」

サイズモアは密《ひそ》かにやめとけーと呟いた。だが、ご機嫌伺《きげんうかが》い語録帳に夢中のダカスコスには、心の声は届かなかった。

「それよりもこの第一級警備の中を、どのようにして脱出《だっしゅつ》するかが問題ですな」

往路があまりに容易だったため、帰りが怖《こわ》いとは思いもしなかったのだ。足元に置かれたお宝は、緑の布できっちりと覆《おお》われている。一見すると飲物保冷箱だが、この警備では検問も避《さ》けられまい、布を剝《は》いで調べられたら一巻の終わりだ。

何しろ持ち出す直前までは、白い太文字で、でかでかと、「風の終わり」と書いてあったのだ。それこそ子供のお道具箱みたいに。そこで緊急策《きんきゅうさく》として、手近にあった塗料《とりょう》で真っ白にしてみた。文字はどうにか隠《かく》れたものの、今度は塗料の臭《にお》いが強烈《きょうれつ》だ。

「……これは本当に外装用のペンキなのですかな。あまりの臭《くさ》さに胸が悪くなりそうだ」

「う～んでも土産物《みやげもの》の菓子《かし》箱じゃないんだから、名前書いたままでは運べませんよ艦長《かんちょう》、あ」

ダカスコスの鼻先で、虫が落ちた。

「こんなに追っ手がかかるとは、やはりこの魔王《まおう》像はかなりの値打ち物であるに違《ちが》いない。ふふふ、鑑定眼《かんていがん》に自信がつきました。ではこの像はツェツィーリエに捧《ささ》げよう。彼女には真に価値ある芸術品こそ相応《ふさわ》しい！」

「でもそれ、何度見ても頭部がゾウですな」

元魔王に魔王像を贈《おく》るのはどうよと、常に良識派のサイズモアは思った。でもやっぱり心の声は届かなかった。

「しかし皆《みな》の衆、いつまでもこの部屋でじっとしているわけには参りますまい。我等の任務はすり替《か》えた箱を陛下ご一行の元まで持ち帰ること。永久にここで足止めを食《く》らうわけにはいかぬし」

「そうですね、ツェツィーリエの喜ぶ顔を見るためにも、是非《ぜひ》ともこれを依頼主《いらいぬし》の元まで運ばないと」

「ああ、遠足は家に帰るまでが遠足っスよね！」

一名ばかり呑気《のんき》な奴《やつ》もいた。ダカスコスだ。

人通りが途切《とぎ》れたのを見計らって、彼等は忍《しの》び足で部屋を出た。通用口に向かってひたすら歩く。早く外に出たいと気は急《せ》くが、警備兵でもないのに神殿《しんでん》内を走れば目立つだけだ。ここは我慢《がまん》して忍び足である。

誰《だれ》かとすれ違う度《たび》に、箱を見咎《みとが》められないかとビクビクする。しかし大抵《たいてい》の場合、相手は無関心で、眠《ねむ》れる大人になってもらう必要はなかった。

ようやく通用口が見えてきた。硝子《がらす》越しに外の闇《やみ》も見える。

相変わらず雪は降り続けていたが、客席では酔《よ》っぱらった観客達が、祭りの余韻《よいん》に浸《ひた》っていた。数が少なくなった松明《たいまつ》に照らされて、係員が会場整備を始めている。

「ああ艦長、ファンファンさん、あと少しですよー。あと少しで神殿から出られま……」

「おい」

角を曲がってきた巨漢《きょかん》の兵士が、片手で四人を呼び止める。

「な、なんでしょうか。兵隊さま」

サイズモアが代表して答える。全員俯《うつむ》いたままだ。兵士は顔の半分が髭《ひげ》だったので、艦長は正直ちょっと嫉妬《しっと》してしまう。なんという毛根逞《たくま》しい男だ。

「その箱だが」

ぎくー！

ふと見ると、ファンバレンの手元で布が捲《まく》れ、白い本体が覗《のぞ》いている。

「その箱、誰が亡《な》くなったんだネ、んん？」

「亡く、なっ、た、というと」

「棺桶《かんおけ》サ、うん。白いから男の子だろ？　可哀想《かわいそう》にョ、まだこーんなちっちゃいのに……」

半分髭男は顔をくしゃくしゃにして、今にも泣きだしそうである。人は見かけによらぬもので、子供思いの優《やさ》しい兵隊さんだったようだ。それにしても……。四人は密かに胸を撫《な》で下ろした。男の子用の棺桶と間違えてくれるとは。ほぼ誰にも見咎められることもなく、ここまで無事に来られたのは、作戦勝ちというよりも、葬列《そうれつ》と勘違《かんちが》いされていたせいだったのか。

「うう、可哀想にナァ、うん。子供の葬儀《そうぎ》はほんとに切ないョ、うん。おれの弟も十のときに戦争で死んだんョ、そん時もこれっくらいの真っ白い棺桶だったんョ、うん……シマロンに村ごと焼かれてねェ、うん……ほんとになあ、ほんとに戦《いくさ》は嫌《いや》だョ、痛い目に遭《あ》うのはいっつも女、子供ばっかサ、うん。なのに今じゃ、弟死なせた国に徴兵《ちょうへい》されてるなんてサ……十で逝《い》っチまったあの子に顔向けできねーヤ、なあ」

兵士はハンカチで鼻をかみ、それを丸めて隠しに戻《もど》した。ついでに昆虫の抜《ぬ》け殻《がら》を取りだして、緑の布の上に置いた。

「よかったらこれ、供えてやってナ、なあ。弟がワライゼミ大好きだったんョ、うん。もしあっちでうちのオチビに会ったら、イタズラ坊主《ぼうず》だけど一緒《いっしょ》に遊んでやってナ、うん」

男はもう一度鼻を啜《すす》ると、背中を丸めて去っていった。四人は黄色い制服を見送って、再び箱を持ち直す。

「なんか、騙《だま》したみたいで心苦しいっスね」

「うむ」

村を焼かれ、女子供が死んだと言っていた。サイズモアの職場は海だから、非戦闘員《ひせんとう》が被害《ひがい》に遭う可能性は低い。海戦に挑《いど》むのは殆《ほとん》どが軍艦《ぐんかん》で、民間輸送船への攻撃《こうげき》は禁じられているからだ。

「……子供が巻き込まれるのは、切ないな」

「私はもちろん、戦でも商売をしている身ですが」

通用口の扉《とびら》を押しながら、ファンファンが怒《いか》りを抑《おさ》えた声で言った。美を愛《め》でるときの口調とは正反対だ。

「国と国との争いに、こんな無粋《ぶすい》な兵器を持ち込まれたくありませんね。東側の震災《しんさい》はこれと類似《るいじ》した箱の仕業《しわざ》だと、スワルドの情報屋で聞きました。河や港、城下の街並みの被害も甚大《じんだい》だとか。美しいものを無感情に破壊《はかい》していくなんて。こんなもの人間の使う道具ではありませんよ」

闇に白く舞《ま》い落ちる氷の結晶《けっしょう》が、一片、また一片と箱に載《の》った。

「……陛下は、どうお考えなのであろうな」

サイズモアは顔を天に向け、倍に増えた星を仰《あお》ぎ見た。


決着をつけたのはノーマン・ギルビットの演説でも、ベラール殿下《でんか》の度量の広さでもなく、勇者の晩餐《ばんさん》に招待されていた、決勝戦主審《しゅしん》の一言だった。

「この者の望みを叶《かな》えぬというのなら、国際審判《しんぱん》連盟が黙《だま》っておりませんぞ」

剣《けん》と魔法の異世界においては、特殊なNGOである国際審判連盟の勢力は絶大らしい。大国シマロンの老権力者さえも、主審の言葉には逆らえなかった。

あまり空腹を満たさない食事を終えてから、おれは大急ぎで主審の元に走った。

「ありがとう主審！　どう感謝したらいいか、言葉ではうまく表せないくらいだ」

髭の剃《そ》り跡くんは、にやりと唇を歪《ゆが》ませた。

「なかなか面白《おもしろ》い勝負であった。久々に楽しんで裁かせて貰《もら》った」

「やー剃り跡《あと》さん、そんなにお褒《ほ》めいただいても……」

おれは殆ど覚えてないし。

「特に仮面の下は多重人格という裏設定も楽しめたぞ。だがあまりに突拍子《とっぴょうし》もない人物設定は、次回からは避《さ》けるのが無難だろうな。魔力をつかえるから魔王だと名乗るのは、些《いささ》か単純過ぎはしないか？　だがしかし、貴公の特殊《とくしゅ》な戦闘法『なりきりちゃん』に関しては、誰にも他言せぬことを誓《ちか》う。安心しろ、審判には守秘義務があるからな」

「……守秘義務……」

剃り跡さんは人差し指と中指をこめかみに当て、じゃっ、という具合に挨拶《あいさつ》した。それにしても恐《おそ》るべし国際審判連盟。恐るべし国際特急審判。おれの特殊な戦闘法は「なりきりちゃん」と命名された。さすがに早い。

「な、なりきりちゃん……」

晩餐後は神殿の広間に連れ出され、自然と懇親《こんしん》パーティーに突入《とつにゅう》した。

そんな催《もよお》しがあるとは聞いていなかったし、おれとしては一分一秒でも早くベッドで眠りたかったのだが、何故《なぜ》か異様に張り切るシマロン側のセレモニー係は、主賓《しゅひん》の欠席を許してくれなかった。どうやら領土化された地域の出身だったらしい。決勝でシマロン本国を破ったおれたちを、我がことのように祝福してくれた。

大急ぎで穴あき大桶《おおおけ》（修行僧《しゅぎょうそう》の気持ちが手軽に味わえる）で身体《からだ》を流し、開催国《かいさいこく》が用意した衣装を物色する。これまでのおれの常識では、国際試合の壮行会《そうこうかい》や交流会は、揃《そろ》いのチームジャージでOKだった。ところが今晩に限ってスタイリストにまとわりつかれ、オネーサマ言葉で嫌というほど説教をされた。

「んま、黒？　黒ですってェ!?　ちょっとババ聞いた？　あなた今、聞いてたぁ？　今時黒なんて恐ろしくて着られないわよぉ。黒ってねあぁた、魔族《まぞく》の中でも一等残虐《ざんぎゃく》な恐怖《きょうふ》の大王が着る色よォ？　あーたそんな可愛《かわい》い顔してるんだから黒だなんて、はぁい、眼鏡《めがね》と帽子《ぼうし》とってーえ……うはッ!?」

彼女（彼？）は、おれの髪《かみ》と瞳《ひとみ》の色を知ると、たっぷり五分間は目を開いたままで失神した。顔の横で両手を広げたまま、凍《こお》りついたみたいに動かない。この隙《すき》に好みの服を選んでしまおうかと、おれはクローゼットから勝手に緑のニットを引きずり出した。暖かそうだ。ところがおれが伸縮《しんしゅく》自在のズボンに脚《あし》を突《つ》っ込んだ途端《とたん》、スタイリスト役は耐《た》えきれずに復活した。

「……うそーぅ!?　ちょっと普通《ふつう》その緑ニットとか着るぅ？　いやー信じられないわ、見て見てババ。ありえなーい！　漆黒《しっこく》の髪にダサ服、許せなーい」

女のアシスタントにそう突っ込むと、細い腰《こし》をくねらせてやってきた。頼《たの》みもしないのにおれの髪を撫で、顔を近づけて瞳を覗き込む。

「あぁらなんか禁忌《きんき》の色とか言われてるけど、よく見ると素敵《すてき》ねえ美形ねえ男前ねえー……うっとり……けどもしかしたらその髪、酒宴《しゅえん》の席では人々を恐怖に突き落とすかもしれないわぁ。

あたしなら落とされてもイイ！　でもよかったら、お急ぎで染める？　栗色《くりいろ》か茶色に。ちょっとババ、金《かな》ダライ持ってきてぇ！　だーいじょーぶよ男前ちゃん、あーたの髪の色は誰《だれ》にもばらさないわ。なにしろ美容職の守秘義務がありますからね」

スタイリストにまで守秘義務！

当然、おれの選んだ緑のズボンは却下《きゃっか》され、ベッドに並べて見ているだけでも恥《は》ずかしいようなアイボリーのタキシードが用意された。しかもシャツの襟《えり》と袖《そで》にはレースが五割り増しで、過度な装飾《そうしょく》が施《ほどこ》されている。やむなくその一揃《ひとそろ》いに身を包み、おれは宴《うたげ》の会場へと放り出された。

着飾《きかざ》った貴族やお金持ちの皆様《みなさま》に、あっという間に取り囲まれる。

「あなたがカロリア代表の長なのね、残念ながら場内では見られずに貴賓《きひん》席から観戦していたけれど……最終戦のあの雪、素晴らしかったわ」

「ノーマン・ギルビットってどんな方かと思っていたら、意外に童顔で可愛らしいのね。ねえノーマン様、願い事は何にしたの？」

「いやですわ、殿方《とのがた》の願いといったら決まっているでしょう」

「想像どおりなら、かなりのおませさんでごわすな」

世界平和、正捕手昇格《ほしゅしょうかく》、チーム優勝。これがおれ個人の希望だが、当たり前に過ぎるだろうか。

どうして女性ばかりが集まってくるのかと思ったら、男のほうは皆《みな》それぞれ部屋の隅《すみ》で囁《ささや》き合って、シマロンを破った国の噂話《うわさ》に余念がないようだ。

「どーしたユーリ、飲みゃないのきゃーぁ?」

ヴォルフラムは深緑のタキシードだった。カラタキ仲間だ。おれと違《ちが》って彼は本質的に美少年だから、どんな服を着せても似合う。ところがそういう奴《やつ》に限って、意外とシンプルでノーマルな服を宛《あてが》われたりしているものだ。

「お似合いですよ、ヴォルフラム閣下」

「おみゃえも……ぷははー、なんだそのヒラヒラした襟は」

「見せるんじゃなかった」

振《ふ》り向くとヨザックが近づいてきていた。すらりと伸《の》びた両腕《りょううで》は肩《かた》から剝《む》き出しで、腿《もも》の脇《わき》には際《きわ》どい高さにスリットが入っている。

おれがまじまじと見詰《みつ》めていると、彼はハスキーボイスでしなを作ってきた。

「やーね陛下、そんなにじっくり見られると、ヨザックったら心臓から毛が生えちゃうわん。何か可笑《おか》しなところでもございますかぁ?」

「な、なぜ女装……」

オレンジの解《と》いた髪によく似合う、臙脂《えんじ》と濃茶のタイトなドレス姿だ。グリエは急に真顔になった。

「禁断症状《しょうじょう》で。正直、華々《はなばな》しい酒宴の席で、ムサくてつまらん野郎《やろう》の格好などする気にもなれませんや。あらでも陛……ノーマン様はお似合いよォ？　ツェリ様に見つかったら間違《まちが》いなく食われちゃうでしょうね……っとああ、陛下、客が誰も食ってないような皿には手をつけちゃいけません。毒味婦人役のオレをご指名くださいね」

「了解《りょうかい》」

会場は電気がないとは思えないくらいに明るかった。様々な色を放つ光源は、磨《みが》き上げられた石の床《ゆか》に反射して、昼間のように目映《まばゆ》かった。

パーティーには前に一度出席したことがある。船上の小規模なカクテルパーティーだった。その頃《ころ》は貴族とか身分なんてものが一切《いっさい》なくて、誰でも簡単に挨拶できたのだ。

幼い可憐《かれん》なお姫様《ひめさま》の、初めてのダンス相手にもなれた。

日本の野球小僧《こぞう》だったおれが、いわゆる社交ダンスなど習っているはずもない。それこそコンラッド仕込みの付け焼き刃舞踊《ばぶよう》で、その場を何とか凌《しの》いだのだ。

「………」

口をついて名前がでそうになり、自嘲《じちょう》気味の溜《た》め息をついた。きっちりセットされた前髪に指を差し込んで台無しにする。

ピアノに似た楽器の演奏が始まった。一小節ごとに新しい楽器が加わって、それなりに完成した楽団になる。この会場も恐らく、徐々《じょじょ》に舞踏会《ぶとうかい》になっていくのだろう。楽団の近くでは、

ってい《ねむ》た。もう一週間以上まともには眠
っていない。欠伸《あくび》を堪《こら》えるのも限界だ。淡《あわ》い黄色の壁《かべ》により掛《か》かっていた。
そういえば村田はどんなコスチュームを強要されているのか。あの色の抜《ぬ》けかけた人口金髪《きんぱつ》
も、そろそろ何色か判別しにくくなったカラーコンタクトも室内のどこにも見あたらない。も
しかして一人だけ部屋にこもり、贅沢《ぜいたく》にも惰眠《だみん》を貪《むさぼ》っているのかも。だとしたら許せない。お
れたちだって睡眠《すいみん》に飢《う》えてるんだ。いっそ捜《さが》しに行くべきか。
正面近くに視線をさまよわせていると、ちらりと光る銀色の軌跡《きせき》が目に入った。
「……フリン？」
無意識に指を離《はな》れたグラスが、石の床に当たって砕《くだ》ける音がした。談笑《だんしょう》する人々を掻《か》き分け
て、銀の髪が輝《かがや》いていた中央を目指す。
優勝者、カロリア代表の妻は、好まぬ貴族達に囲まれて所在なげに立ち尽《つ》くしていた。
「フリン！」
左右を見回し二度目におれを見つけると、たちまち表情が明るくなる。それが無性に嬉《うれ》しく
て、歩くスピードを落としたほどだ。
「よかった大佐《たいさ》、奥方様とはぐれてしまって」
「ツェリ様と一緒《いっしょ》にここに来たの？　ていうかさぁ、おれ、危険だから船に残ってろって言っ

ただろ。なのになんでちゃっかり王都まで来てんのよ。いや怒《おこ》ってない、怒ってねーけどさ」

「ごめんなさい……でもどうしても見届けたくて、艦長《かんちょう》とダカスコスさんに頼み込んで併走《へいそう》させてもらったのよ」

「まあ、危ない目に遭《あ》わなかったんならさ、おれは別にいいんだけど」

「快適だったわ、ここに着くまではね」

白い手袋《てぶくろ》の指を軽く握《にぎ》り、控《ひか》えめな笑《え》みで口元を綻《ほころ》ばせる。

フリン・ギルビットは豊かな銀の髪を後ろでまとめ、白く滑《なめ》らかな項《うなじ》を曝《さら》していた。両脇《りょうわき》に残した一房《ひとふさ》の髪が、肩を過ぎて胸まで下がっている。胸に飾《かざ》られた複数の半輝石《はんきせき》は、光の加減で色を変えた。

光沢《こうたく》のある青いドレスは少々緩《ゆる》めで、胸の辺りが僅《わず》かに余っていた。それでも瞳の色との組み合わせがよく、これ以上ないくらいに似合っている。

「……それもしかして、ツェリ様の？」

そういうことは訊《き》くもんじゃない。雰囲気《ふんいき》台無しな質問に、フリンは笑いながら平気で答えた。

「もちろんそうよ。こんな上等な服、私が持っているわけがないじゃない」

「おれの好きな色だよ」

銀に青はよく映《は》えた。もしも近くにツェツィーリエ上王陛下がいたならば、あら陛下、こう

いうときはたった一言でいいのよと、厳重なチェックを入れられていただろう。舞踏会での女の子はいつでもその言葉を待っているの。とても短くて簡単よ。

「……っあー、フリン……ちょっとこっち」

絹の手袋に包まれた腕《うで》を摑《つか》み、窓際近くまで連れてゆく。硝子《がらす》の向こうでは雪が舞《ま》い続けている。薄曇《うすぐも》りの月光と少ない松明《たいまつ》に照らされて、人気のなくなった闘技場《とうぎ》が見下ろせた。ほんの数時間前まで、おれはあそこで足搔《あが》いていたのだ。

でも今はもう何もかもが終わった。

勝利はおれたちの手の中だ。

「優勝したよ」

おれはフリンの両手首を摑み、顔を同じ高さにして言った。

「聞いたわ。おめでとうございます」

「なにを急に敬語なんだか」

「それで、願いは叶《かな》ったの？　箱の所有は正式にあなたの権利になった？」

「いや、見てもらわなきゃならない物があるんだ。えーとこれ。このサインでいいのかな」

内ポケットの折り畳《たた》んだ紙を摑む。厚くて大きくかさばるので、取り出すまでがもどかしい。

「これなんだけど」

わざと内容を教えずに、おれは彼女に公式書類を手渡《てわた》した。フリンは利《き》き腕の手袋を外し、白い細い指で紙を広げる。読み進めるうちに瞳《ひとみ》が大きく丸くなり、用紙を持つ手が震《ふる》えた。

「……これ」

興奮のあまり頰《ほお》から血の気が引いている。次の言葉がでてこないようだ。

「カロリアを貰《もら》ったんだ」

「……まさか大佐、そんな……」

「まだ大佐なんて呼んでたんだな」

隠《かく》し球が大成功した気分だ。頰が緩んでどうしようもなくて、格好いい男のふりさえできない。

「でもなー、ほらここ、ここのサインがおれの無国籍《こくせき》文字だから、いまいち本人っぽく見えないんだよな。元奥さんの権限でさ、病後だから手元不如意《てもとふにょい》ってしといてくれる？」

「カロリアを希望したの？」

「そうだよ」

フリンは涙声《なみだごえ》だ。ここずっと厳しい状況下《じょうきょうか》で過ごしていたから、久しぶりの完璧《かんぺき》なドレスアップだろうに、残念ながら涙《なみだ》の跡《あと》は避《さ》けられそうにない。

「カロリアは、自由なの？」

「そうだ」

紙をおれに突《つ》き返し、女領主は両手で顔を覆《おお》った。俯《うつむ》く顎《あご》のラインに沿って、銀の髪《かみ》がサラりと流れてゆく。最初の一音を何度も失敗してから、ようやく言葉を取り戻《もど》した。

「……ありがとう」

「うん。泣くなよ」

「なんて言ったら、いいのか……判らないわ」

ほとんど硝子に寄り掛かるようにして、ぽつぽつと話し続けるおれたちの間に、無粋《ぶすい》な輩《やから》が割り込んできた。兵士特有の豊かな髪をしているが、服はおれみたいなタキシード系だ。若くて、男前で、背も高い。女性に対する礼儀《れいぎ》も弁《わきま》えていそうだ。

「失礼、一曲誘《さそ》っていただけませんか?」

誘ってくれーと女子に訴《うった》えるのが、シマロン流の「ダンスの誘い」らしい。

フリンは手袋でそっと涙を抑《おさ》え、若い貴族に断った。

「ごめんなさい、私は誰《だれ》も誘わないのよ」

「じゃあ、おれに誘われてくれよ……下手だけど」

邪魔《じゃま》な男を置き去りにして、おれはフリン・ギルビットの指を握ってホールに向かう。光の溢《あふ》れる中央では、もうかなりの人数がワルツに興じていた。

「大佐っ」

「ずっと言おうと思ってたんだけど」

実はおれ、ダンスの嗜《たしな》みがない。そのことではなくて。

「実はおれ、大佐じゃないんだよ。知ってた？」

彼女は小さく頷《うなず》いた。

「ホントはそんな大物軍人じゃねーの。戦闘《せんとう》なんてしたこともないへなちょこなの」

急に演奏がスローテンポになり、周囲がみんなお互《たが》いに密着し始めた。

『チークは、まあこうやって揺れてりゃなんとかなります』

ダンスの師匠《ししょう》の言葉が甦《よみがえ》る。

フリンは俯いておれの肩《かた》に顔を押し付けた。声が籠《こ》もってよく聞こえない。

「……るの」

「なに」

「どうしてこんなに、よくしてくれるの？」

露《あら》わになった首から背中が震えている。

「だって私は、あなたを大シマロンに売ろうとしたのよ。それより前にウィンコットの毒を譲《ゆず》って、あなたのお友達が撃《う》たれるきっかけを作ったのも私だわ。なのに何故《なぜ》、こんなにしてくれるの？　カロリアの自由なんて……そんなことまで……もたらしてくれるの」

「さあ。それがおれにも判んないんだよなぁ」

「あなたは」

指を軽く握ったままで、残った腕を背中に回す。頬と耳が触《ふ》れた。どちらかの耳が熱く、どちらかの頬がひんやりとしていた。

「あなたは、神様みたいなひとね」

吐息《といき》と一緒《いっしょ》に零《こぼ》れた本心だ。

聴覚《ちょうかく》というより首筋に囁《ささや》きかけるように、おれは謎《なぞ》の男の正体を明かした。

本当はおれ、魔王なんだよ。

フリンは一瞬《いっしゅん》、大きく体を震わせた。けれどそれだけで、あとは怯《おび》えて叫《さけ》ぶでもなく、忌《い》み嫌《きら》って罵《ののし》りもしなかった。

おれたちはフロアの中央で、踊《おど》るわけでもなく、色恋《いろこい》に心躍《おど》らせるわけでもなく、ただ抱《だ》き合って立っていた。周りの男女が、あるいは男同士が、稀《まれ》に女性同士が、楽しげに頬を触れ合わせ、嬉《うれ》しげに身体《からだ》を揺《ゆ》らすのを、四つの瞳で呆然《ぼうぜん》と見ていた。

互いに相手の肩越《かたご》しに正反対の方向を見て、それでも瞳に映るのは、踊り続ける人々だけだった。

「多分、きみが」

服の色も髪型《かみがた》も、ステップも違《ちが》う。違う人々が映っている。でも見ているものは同じだ。

自分の周りで踊り続ける人々だった。

「……フリン・ギルビットが、カロリアと結ばれているからだと思う」

「ええ」

「これから現れるかもしれない新しい恋人とか、未来の夫候補とか、それどころか、もしかしたら国を残して死んじまったノーマン・ギルビット以上に……カロリアと結ばれているからだと思う」

「そうよ……私はもう……カロリアと結婚《けっこん》してる」

おれたちは二人とも、自分の周囲で踊り続ける異国を見てるんだ。楽しげで力強く踊る周囲の国々を見て、不安で不安でたまらない。

「あの小さな世界を護《まも》るためになら、どんな汚《きたな》いことでもするわ。どんな卑怯《ひきょう》なことでもする。そのせいで私がどう呼ばれてもいい、私がどう扱《あつか》われてもかまわない」

おれたちはいつも不安で、時々は誰かの腕《うで》が必要になる。

けれどだからこそ、その腕は、優《やさ》しい恋人のものではない。

同じ生き方をする、同士のものでなくてはならないんだ。

「フリン」

「なに？」

おれはフリン・ギルビットを抱き締《し》めたが、腕にこめたのは愛ではなかった。チームメートを受け入れ健闘《けんとう》を称《たた》え合い、互いに喜ぶ「祝福」だった。

きっとこれが答えなのだろう。

「カロリアを、きみの手に」

そうでなくてはならない。

フリンはおれの肩から顔を上げ、涙で潤《うる》んだ眼《め》を少し細めた。赤くなった鼻と耳が痛々しくて、触《さわ》ろうとするとそっと払《はら》われる。

「踊って。みんなと同じように」

「ああ」

「あなたは全然、下手じゃないわ」

「ほんとに？」

「本当よ」

クイズみたいだなと思わず吹《ふ》きだしながら、おれはベースに合わせて不器用に動いた。カロリアの主《あるじ》はおれの首に腕を回し、眼のすぐ下で銀の髪を揺らした。

「帰ったら、盛大な式を挙げましょう」

「式って誰の」

「もちろん、あなたのよ」

頬《ほお》を伝った涙の跡はそのままだが、フリンはもう、いつもの気丈《きじょう》さで微笑《ほほえ》んでいる。

「あなたの葬儀《そうぎ》よ、ノーマン・ギルビット」

「葬式《そうしき》かよ！　おれ成人式もまだなのに、いきなり葬式挙げられちゃうのか」

だがそれで、カロリアの統治権は正式にフリン・ギルビットの手に渡《わた》る。あの子供達には悪いけれど、ノーマン・ギルビットはもう生きて戻ることはない。先の領主は世を去った。

「陛下」

新たなカロリアの統治者は、おれから腕を離《はな》し真顔で言った
「陛下にお預けした物を、そろそろこの手にお返しください」

「だからぁー、陛下なんて呼ぶなって！　この上なんの嫌《いや》がらせだよ!?　大佐《たいさ》でもクルーソーでもどうでもいいけど、普通《ふつう》にユーリって呼べばいいじゃん」

「ではユーリ、あれを返してもらわなくては」

尻《しり》ポケットに突《つ》っ込んであった銀のマスクを掴《つか》む。軽く叩《たた》いて皺《しわ》を伸《の》ばしてから、夫の遺品を妻に返した。

「あったためておきました。冬だから」

「お尻で？」

これこそ逆・羽柴秀吉《はしばひでよし》作戦だ。

フリンは懐《なつ》かしそうに仮面を見詰《みつ》めると、絹の布越《ご》しに優しく撫《な》でた。それから両方の手袋《てぶくろ》

を外し、目の周囲の隈取《くまど》りや口元の縁取《ふちど》りを素手《すで》で辿《たど》った。

「お別れよ」

心臓を射抜《いぬ》かれる。おれのことかと思ったのだ。

「仮面をつけた人形を、しきたりどおりに葬《ほうむ》るわ」

「うん、おれもそれがいいと思う」

「陛下」

「だからぁー」

言い返そうとしたおれを、神妙な面持《おもも》ちで押し戻す。

「いいえ、陛下よ。聞いてちょうだい。どうかお聞きになって」

「ちょっと……っ」

カロリアの主、フリン・ギルビットは、軽く膝《ひざ》を折っておれに頭を垂れた。両手で戴《いただ》いたおれの手を、銀のマスクに包み込む。

「もしも私の地に百万の兵士と、山なす黄金があったなら何も迷いません。けれど民も土地も今や飢《う》えたまま。この先どのような礼をもって、貴国の恩に報《むく》いるべきかさえ判らない」

新しいダンスのポーズなのかと、周囲の連中がこちらを窺《うかが》う。だが、彼等はすぐに飽《あ》きて、自分達の曲へと戻《もど》っていった。

「……けれどこれだけは誓《ちか》いましょう、そして決して違《たが》いますまい。

「カロリアは、永遠に貴国の友。そして私は永遠に、あなたの友です」

フリンは優雅《ゆうが》に微笑むと、手の甲《こう》にそっと唇《くちびる》を寄せた。雰囲気《ふんいき》に飲まれやすいおれの眼には、彼女の頭に輝《かがや》く冠《かんむり》が見えた。

「しもべと言えぬ私をお許しになって」

「許すよ……ていうか許すわけじゃない。下僕《しもべ》になんかなってもらいたくねーよ！　立て、立つんだフリン、明日に向かって……だからホラしゃがむなって。目立っちゃうし」

その時になってようやく複数の視線を感じた。近くで踊っている人々ではない。連中はおれたちに無関心だ。政治とダンスに夢中になっている。では恐《おそ》らく護衛中のヨザックと、お目付中のヴォルフラムだろう。全方向をぐるりと確認《かくにん》すると……いたいた。南の窓側に、見るからに不機嫌《ふきげん》な三男が立っている。両手に酒のグラスを持ち、どちらもすっかり空っぽだ。

「フリン、あそこにヴォルフがいるから、ちょっとあっちでご歓談《かんだん》ください」

「え、でも私……彼とはあまり……」

「大丈夫《だいじょうぶ》だって、絶対仲良くなれるってェ。ああ見えてあいつすごいいい奴《やつ》だし、友好関係築いておくと得だよ？　なんせあのセクシークィーンツェリ様の息子《むすこ》、魔族《まぞく》の元王子様なんだからさ」

どこかにヨザックもいるだろう。彼に頼《たの》むなり自分で動くなりして、そろそろ村田を捜《さが》さないとまずい。部屋で寝《ね》ているならそれはそれでかまわないが、とにかく確認だけはしたい。着《き》替《が》えに手間取ったという遅《おく》れようではないし、室内にいるならとっくに会っているはずだ。

彼の身に何事か起こっていなければいいのだが……。

「むーらーた、むらけーん、むーらむらー」

不安を誤魔化《ごまか》すように応援歌《おうえんか》を口ずさみながら、おれは人の波をすり抜けた。会場の入り口近くには、黄金の女神《めがみ》像が（しかも葉っぱ一枚残して全裸《ぜんら》）二体も飾《かざ》られている。宝物庫に押し入ったという盗賊《とうぞく》も、どうしてこういう物を盗《ぬす》まなかったのだろう。

乳白色の石の床《ゆか》を一歩外れ、人造大理石の廊下《ろうか》に出た途端《とたん》に、扉《とびら》の影《かげ》から現れた手に服を摑まれる。

「あの話は本当か」

握《にぎ》った手首を後ろにねじ上げられて、反射的に短く叫《さけ》んでしまった。

「痛たっ」

途端に相手の力が緩《ゆる》む。廊下の隅《すみ》の薄暗《うすぐら》い場所へと引っ張られるが、さっきとは力の強さが違《ちが》う。苦痛が少ないよう微妙《びみょう》に加減されている。肩《かた》を押さえる長い指は、ほとんど乗せられているだけだ。

「済まなかった、痛めつける気はなかったんだ。首はどうした？　喉《のど》は、もう血は止まったのか？　なあ教えてくれ。あの話は本当なのか？」

「あんた何で、嘘《うそ》だろ、どうしてこんな所に……」

怪我《けが》を思い出し、包帯で覆《おお》われた喉を、庇《かば》うように手で隠《かく》す。相手はおれの肩に手を置き、地面に膝を突いて下から覗《のぞ》き込んでくる。

整った顔立ちに高い鼻梁《びりよう》、がっしりとした屈強《くつきよう》な肉体。碧眼《へきがん》をいつも以上にぎらつかせた、アーダルベルト・フォングランツだった。

泥《どろ》にまみれた金髪《きんぱつ》は、頬や額に貼《は》りついている。服も髪《かみ》も、靴《くつ》までずぶ濡《ぬ》れで、どこもかしこも汚《よご》れていた。

彼らしくなく焦《あせ》った様子で、おれの肩を軽く押し、冷たい壁《かべ》に押し付ける。

「教えてくれ、あの話は本当か？」

「お前は本当に、ジュリアの生まれ変わりなのか」

7

緑の布に覆われた箱をぐるりと囲んで、五人の男が考えこんでいた。

先程《さきほど》より一人増えている。正確には一人減って二人増えた。箱を無事、神殿《しんでん》の外に持ち出した時点で、ステファン・ファンバレンが辞去したのだ。理由はもちろん、先刻より開催《かいさい》されている舞踏《ぶとう》会だ。早く戻ってツェツィーリエをエスコートしなくては、あの美しきひとの機嫌を損《そこ》ねてしまう。

「あの方は誤って野に降りた薔薇《ばら》の精ですから、常に私がお側《そば》にいないと危険です。下々の野《や》卑《ひ》な男に俗世《ぞくせ》間《けん》の言葉などかけられたら、たちまちのうちに怯《おび》えて真珠《しんじゅ》の涙《なみだ》をこぼされることでしょう。ああ、か弱き乙女《おとめ》、ツェツィーリエ。今すぐに私が馳《は》せ参じましょう!」

戦線離脱《りだつ》の際にも炸裂《さくれつ》するファンファン節に、そうかなあと二人が呟《つぶや》いた。美しいけどか弱くはないですよと、残る一人が胸の内で突っ込んだ。

元女王の魅力《みりょく》を誰《だれ》よりも知る従者《じゅうしゃ》シュバリエは、与《あた》えられた任を全《まっと》うするために、暫定《ざんてい》的に「箱運《ハコはこ》び隊《たーい》」への残留を決めた。酒宴の席でそこらの男に絡《から》まれたとて、女主人が危機に陥《おちい》るとは思わないからだ。芸術家肌《はだ》で笑いも解するあの方のことだから、酔《よ》いどれ男でオブジェをこしらえるくらいはするだろう。鞭《むち》で巻いて縛《しば》って絡ませて、だ。

「……耽美《たんび》だ」

シュバリエはうっとりと想像に浸《ひた》った。

「シュバリエさん、ちょっとシュバリエさーん。真面目《まじめ》に考えてくださいよ。この箱を封印《ふういん》されてた場所まで戻さなきゃならないんスからー」

「は、すみません」

若さしか自慢《じまん》のないダカスコスも、さすがに疲労《ひろう》を滲《にじ》ませている。声とか、隈《くま》とか、脂《あぶら》ぎってきた頭皮とかに。

「とにかく皆《みな》さんたち、ご苦労だったね。大会で警戒《けいかい》態勢の神殿から、最もキケンなハコをゲットするのは大変だったろ」

猊下《げいか》の労《ねぎら》いのお言葉に、少々後ろめたい気分を味わう。これまでこなした幾多《いくた》の作戦に比べれば、かなり楽ちんな部類だったからだ。

去る者もいれば来る者もいる。ファンファンが早退した後に、駆《か》けつけてくれたのが猊下とグリエ・ヨザックだ。ムラケンサンこと双黒《そうこく》の大賢者《だいけんじゃ》は、最凶最悪《さいきょうさいあく》の最終兵器である「風の終わり」について、自分等よりずっと詳《くわ》しいはずだ。

たとえば保存する場合の適温とか、消費期限は何年かとか。恐怖《きょうふ》の大箱を取り扱《あつか》う際に有用な方法を、いくらでも知っているはずだった。

「それにしてもこれ、臭《くさ》いねえ。保管状態が悪かったのかな」

殺虫塗料《とりょう》のせいだとは、口が裂《さ》けても言えなかった。

「猊下《げいか》、もし宜《よろ》しければお教えください。この箱をどのようにして眞魔《しんま》国まで運ぶおつもりですか？　海に出ればまた話も違《ちが》いましょうが、港までは最速で三日はかかります。大シマロン内の陸路を行く場合、巧妙《こうみょう》な偽装《ぎそう》が必要かと思うのでありますが……」

「うーん、そうだよね。仰《おっしゃ》るとおりなんだよねサイズモア艦長《かんちょう》」

先程からダカスコスは、ムラケン猊下の服装が気になって仕方がなかった。

この真冬、しかも場所は神殿《しんでん》の裏手の森だというのに、彼は襟元《えりもと》フリフリの夜会服姿なのだ。眞魔国じゃ今時うちの女房《にょうぼう》だって着ないような、襞《ひだ》と飾《かざ》りの重ね着だ。寒くないのだろうか。というよりも、あの格好で舞踏会《ぶとうかい》に行くつもりだったのか。

口に薔薇《ばら》でもくわえたら、怪《あや》しい舞踏家として成功しそう。

「あー猊下、そのー、とにかく早いとこ会場に戻《もど》れませんかね」

一緒《いっしょ》について来たヨザックも、これまた開いた口が塞《ふさ》がらない出《い》で立《た》ちだ。

女装？　もしくは見た目だけで敵を怯《ひる》ませる、彼独特の必殺技《わざ》なのか。

「お一人で歩かれるのはあまりに危険なので、念のためにここまでお供いたしましたが……あっちでまた陛下が、面倒《めんどう》なことやらかし……庶民《しょみん》には思いもつかないような善行を始められれはしないかと、小心者は気が気じゃないわけですよ。一応、ヴォルフラム閣下に事情は話してきましたが、あの坊《ぼっ》ちゃんもあれで、ああなわけですし……ああーもう！　陛下と猊下、お二人を同時にお護《まも》りするのが、こんなに大変なことだとはねっ」

「うん、渋谷とフォンビーレフェルト卿《きょう》は、一緒に置いておくと数倍楽しいよねー」

「そういうことではなく……」

「しっ、伏《ふ》せて！」

滅多《めった》に喋《しゃべ》らないシュバリエの指示で、全員が一斉《いっせい》にしゃがみ込んだ。斜面《しゃめん》の上の泥道《どろみち》を兵士の集団が駆《か》け抜《ぬ》ける。

「……大丈夫《だいじょうぶ》、見られてはいないようです」

「それにしても慌《あわ》ただしいですな。侵入《しんにゅう》時はあんなに緩《ゆる》かった警備が。箱を持ち出されたことに気づき、取り戻そうと必死なわけですな」

薄《うす》くなった後頭部を撫《な》で、艦長は困り顔で呟《つぶや》いた。港まで運ぶのがますます困難になった。大陸の大半がシマロン領という現状では、監視《かんし》の目のない道程を探すのは不可能だ。

「でもまだベラール二世殿下《でんか》は、こいつが盗《ぬす》まれたと思ってないよ。上に報告されたのは、ゾウ頭の魔王像だけだもん」

「なんですとー!?　げ、猊下、誤解なきように申し上げますが、あのつまらん像を懐《ふところ》に入れたのはファンファン殿《どの》です！　我々は決して、歴代魔王陛下があのようなゾウ頭だとは……」

「そんなに言い訳しなくても大丈夫だよ。臣下に愚弄《ぐろう》されたとか思いやしないって。それに渋谷は虎《とら》は嫌《きら》いでも、ゾウは嫌いじゃないんだぞう？」

……雪風が更《さら》に厳しさを増した。

ダジャラー本人である村田は、周囲の気まずさなど意にも介《かい》しない。

「そういえば、出口近くで棺桶《かんおけ》と間違われたって言ってたねー」

「はっ、そのとおりであります。髭《ひげ》も体格も立派な男を、涙《なみだ》ぐませてしまいました。まったく近頃《ちかごろ》の若者ときたら、成熟しているのは身体《からだ》ばかりで。古参兵の我々からすると、情けないことこの上なしでして……」

おっさんの愚痴《ぐち》は延々と続く。

「そういえば僕もどこかで見たな。子供の葬列《そうれつ》に出くわしたんだ。確かにこのサイズの白い箱は少年の棺《ひつぎ》だって聞いたなあ」

村田は掌《てのひら》を拳《こぶし》で叩《たた》いた。ぽんと軽い音が森に響《ひび》く。

「閃《ひらめ》いたってほどのもんじゃないけどさ、だったらいっそお棺《かん》に見立てて運んじゃおうか」

「それも妙案《みょうあん》とは思いますが……果たして連中が素直《すなお》に信じるでしょうか。いくら間抜けなシマロン兵といえど、いずれは宝物庫内の物が模造品であると気づきましょう。その際に、よく似た形状の棺を国外に持ちだそうとすれば……不謹慎《ふきんしん》ながら、中身を改めると言いだしはしないかと……」

「うーん、それは言うね。絶対だね。じゃあよりリアルに本物っぽく、中に子供の死体……」

魔族四人は言葉を失った。頭のいい人間は危険人物と紙一重だというが、大賢者様《だいけんじゃさま》も御多分《たぶん》に漏《も》れず、危機的思考の持ち主なのか⁉

「……の蠟人形《ろうにんぎょう》でも……駄目《だめ》か。そもそも中に物なんか入れられないもんな」

一同脱力《だつりょく》。

その時になって至極《しごく》もっともな疑問が湧《わ》き上がり、ダカスコスは布の上から箱に触《ふ》れた。四方を強化した鉄も、今はすっかり錆《さ》びついている。きっちりと閉まった蓋《ふた》の掛《か》け金《がね》には、頑《がん》丈《じょう》な錠前《じょうまえ》がぶら下がっていた。

「はい、猊下！　質問があるんスけど」

「なにかなダカスコスくん」

「あのー、つかぬことをお伺《うかが》いしますが、箱の中には何が入ってるんスか？　振《ふ》っても蹴《け》っても音がしないんですが、もしかして空っぽなんでしょうか」

「いい質問だ。でももう二度と蹴らないように。脆《もろ》くなった木が割れて、壊《こわ》れたりしたら大変だからねー」

村田は雪の積もる斜面に膝《ひざ》をつき、緑の布の掛《か》かった問題のブツに耳を押し付けた。

「ほらね、今は音もしない。空だよ、特に何も入ってないんだ。でも絶対に中を見ちゃいけない。マジで泣くほど後悔《こうかい》するよ」

「そ、それはどういう……」

「世の中には、知らない方がいいこともたくさんあるんだって。はい次の人」

「では猊下、僭越《せんえつ》ながら申し上げます。奥方様の膨大《ぼうだい》な量のお荷物に忍《しの》ばせるのはいかがでしょうか。あの方の衣装箱は、それはそれはもう相当な数ですから。木は森に、熊《くま》は砂にと申しますように」

「ああ！　それはいいねえ、素晴らしいねー。熊の部分は初耳だけどね。えーと誰《だれ》だっけ」

「シュバリエです」

「そうだった。滅多に口きいてくれないから。さて、大変素晴らしい意見ですが、一つだけ重大な問題があります。それは、ツェリ様の彼氏が根っからの商人である点」

一同は唖然《あぜん》とした。シマロン籍《せき》の立場を越《こ》えてまで、箱奪還《だっかん》に協力してくれたファンバレンを疑うとは。自らの危険を顧《かえり》みず、宝物庫までの道案内も引き受けてくれた。見張りの一部を金で動かしてくれたのもファンファンだ。それもこれもすべてがツェリ様のため。自由恋愛《れんあい》主義万歳《ばんざい》。

「皆《みな》さんから聞いた話だと、ファンファンは生まれついての商人《あきんど》なんだよね？　僕はそれが心配なんだよ。確かに大国シマロンが『風の終わり』を持っていたら、戦力の偏《かたよ》りのせいで彼の商売は成り立たない。だから奪還に協力する。うん、納得《なっとく》だ。理屈《りくつ》が通ってる。でも、ツェリ様の衣装箱に紛《まぎ》れ込ませて隠《かく》してくれって、箱を預けられたらどうするだろう。珍《めずら》しい箱だよ。世界に四つしかないうちの一つ、恐《おそ》ろしい力を持った最終兵器だよ？　そして彼は根っからの商人。心臓に商魂《しょうこん》と書かれてるほどの商人だ」

ダカスコスがぽつりと答えた。

「自分なら売りますァね」

「だろ？」

皆に止める間も与《あた》えずに、村田は箱に足をかけた。

「もし僕が天才的商業家だったら、内緒《ないしょ》でコピー品とすり替《か》えちゃうね。それで大国と闘《たたか》いたいけど戦力のない国や、お金はあるけど兵士が足りない国に売っちゃうね。そしたら見張りを買収した額どころか、一生遊んで暮らせちゃうよ。商人は決して無駄《むだ》な投資はしない。儲《もう》け話には異様に鼻が利《き》く。喉《のど》から手が出るほど箱が欲しい人は、この世にいくらでも存在するんだから。ステファン・ファンバレンは信頼《しんらい》するに足る人物だけれど、それ以前に彼は商人だ。従って」

靴《くつ》の踵《かかと》で布を少し捲《めく》る。真っ白なボディが雪に濡《ぬ》れた。

「僕ならツェリ様には預けない」

「しーっ、また兵隊です！」

全員一斉にしゃがみ込む。村田はそっと手を伸《の》ばし、折り挙げてしまった布を元に戻す。真っ白い箱の本体は、夜目にも非常に目立つだろう。

「えひゃぁっ！」

最後尾《さいこうび》の人間が雪に足を取られてすっ転び、運悪く斜面を転がり落ちてきた。魔族《まぞく》達のすぐ手前の杉《すぎ》に激突《げきとつ》し、膝を抱《かか》えて悶絶《もんぜつ》している。先を走っていた一隊は、怪我《けが》人を見捨てて行ってしまったようだ。

村田はゆっくりと立ち上がり、のたうち回る若者をじっと見詰《みつ》めた。

「猊下《げいか》、見つかっちゃいますってば、ゲイカっ」

「誰か靴下脱《くつしたぬ》いでくれる？」

「は？　靴下で何を」

ほかほか毛織《ウール》を手渡《てわた》しながら、サイズモアは賢者の手に注目していた。

痛みに転げ回る若いシマロン兵に近づくと、村田はその口の中に思い切り、もぎゅっと突《つ》っ込む。慌てたのは艦長《かんちょう》だった。

「猊下、猿《さる》ぐつわならハンカチを、ハンカチをお使いください！　おっさんの脱ぎたて靴下だけはヤメテー。武士の情けで許してやってー」

「よーし、死体を確保した！　ダッキーちゃん、ひとっ走り行ってフリン・ギルビットを呼んでこい！」

何が何やらさっぱり判《わか》らないままに、ダカスコスは舞踏《ぶとう》会場に急いだ。

泥《どろ》と雪で汚《よご》れきった元魔族の男は、コンタクトで色替え済みのおれの眼《め》を覗《のぞ》き込んでくる。

「本当なのか？　お前がジュリアの……」

「な、何のことかさっぱり判りませんが」

置かれていただけのアーダルベルトの手が、おれの肩《かた》を強く摑《つか》む。だがすぐに指の力を緩《ゆる》め、低い声で謝罪した。

「そんなつもりじゃない。傷つけるつもりはないんだ。首の傷のことは……許してもらえるとも思えんが……」

「だからおれにはまったく意味が判らないんだけどッ。むしろこっちが訊《き》きたいくらいだ。あんたは戦闘《せんとう》不能になったはずだろ⁉　なんで平気でこんな所にいるんだ」

背中を冷たい壁《かべ》から離《はな》し、相手の胸を力一杯《ちからいっぱい》押し返す。ぐらりと仰《の》け反《ぞ》った男の腕《うで》から逃《のが》れ、おれは暗い廊下《ろうか》を闇雲《やみくも》に走った。

動転していた。冷静な判断力などない。

どうする⁉

今ここには誰もいないんだ。おれの力になってくれる人は誰もいない。

走りだしてからすぐ、会場に戻《もど》るのが得策だったのにと気づいた。いくら非常識な男だって、あれだけの衆目の中で無茶はしないだろう。けれどもう、逆方向に随分《ずいぶん》来てしまい、今さら元来た道を戻るのも危険だ。

あいつは絶対に追ってきている。

逃さないという眼をしていた。

立ち止まると、汚れた腕とぎらつく碧眼《へきがん》を思い出して、全身が総毛だった。

酷《ひど》い疲労《ひろう》で足首が痛くなる。心臓も鼓動《こどう》を倍にして、すぐに呼吸が苦しくなる。肺にもっと酸素を送ろうと、弾《はず》む息を堪《こら》えて長く大きく吸った。がらんとして人気のない夜の神殿《しんでん》は、澱《よど》む空気まで重かった。

「……っ」

軍靴《ぐんか》の足音が近づいてくる。

大怪我を負ったはずなのに、足取りは速く、力強い。あと少しならなんとか走れそうだが、いずれ廊下は行き止まり、追い詰《つ》められて逃《に》げ場がなくなるだろう。追手の足音はどんどん近くなる。

おれは意を決して壁の窪《くぼ》みに身を押し込み、やり過ごそうと息を潜《ひそ》めた。

雪明かりに浮《う》かぶ人影《ひとかげ》は、足取りをゆるめ、慎重《しんちょう》に近づいてくる。灯《あか》りを持っているらしく、周囲がぼんやりと黄色くなった。今頃《いまごろ》になって首が痛む。ひきつれて、開きそうな傷口から、じわりと熱が広がった。

自分の心臓の音だけが、やけに大きく響《ひび》き渡《わた》った。

「そこにいるのか？」

息を止める。

「おい、誰かそこにいるか？　観念して出てこい」

アーダルベルトの声ではない。どうやら見回りのシマロン兵のようだ。ほっとして大きく息をつき、壁の溝《みぞ》から身体《からだ》を離す。警備に追われる理由はないが、両手を挙げて恐る恐る廊下に踏《ふ》み出した。

「特に怪《あや》しい者じゃないです……」

中年の小柄《こがら》な警備兵は、おれの格好を見て驚《おどろ》いたようだった。

「舞踏会のお客ですか」

「まあそのような」

違《ちが》うほうの「武闘会《ぶとうかい》」の優勝者とは気づかないらしい。

「なんでまたこんな正反対の方向へ？」

「トイレを探してたら、迷っちゃってさ」

ありきたりだが、効果的な言い訳だ。兵士は呆《あき》れたみたいな笑顔《えがお》になり、おれの足元を灯りで照らしてくれた。

「そうでしたか。いや、こちらこそ驚かせてしまい申し訳ない。宝物庫に賊《ぞく》が押し入ったらしいので、奴等《やつら》を捜《さが》すのに我々も動員されておるのです」

「まあすぐに捕《と》らえられるとは思いますが……ご不浄《ふじょう》ならすぐ隣《となり》の階段近くに用意されておりましたのに。こんな遠くまで迷われては、さぞや心細かったことでしょうな。宜《よろ》しければご案内いたしましょう」

「盗賊《とうぞく》？」

話している相手をよく見ようと、警備兵が振《ふ》り返った瞬間《しゅんかん》だった。灯りの届かない斜《なな》め横に、誰《だれ》かの影《かげ》がふと浮かぶ。

「あぶな……っ」

反射的に突き飛ばした。尻餅《しりもち》をつき、壁にぶつかった兵士の手からカンテラが落ちて転がった。

重い剣《けん》が空を縦に斬《き》り、床《ゆか》に当たってガツっと鈍《にぶ》い音を立てる。

消えかかる炎《ほのお》の僅《わず》かな光に、男の青白い顔が照らされていた。

アーダルベルトだ。

おれは無様な悲鳴をあげて、すぐ先の角を曲がり、長い階段を二段抜《ぬ》かしで駆《か》け上った。細工物の手《て》摺《す》りを摑んで身体を引き上げ、踊《おど》り場を三歩で通過し、また登る。

階を変えたところで奴《やつ》が諦《あきら》めるとも思えない。

確実に迫《せま》ってくる足音に怯《おび》え、近くにあった豪奢《ごうしゃ》な扉《とびら》を押し開けた。所有者も知らない暗い部屋に、隙間《すきま》から身体を滑《すべ》り込ませる。無駄だと知りつつ軋《きし》みにまで神経を使い、できるだけ静かに戸を閉めた。後ろ手に探《さぐ》って掛《か》け金《がね》を下ろす。

彫刻《ちょうこく》を施《ほどこ》された厚い扉に、しばらく寄り掛《か》かっていた。息が整うまで、せめて息が整うまでだ。閉じこめられて黴《かび》くさい酸素をいっぱいに吸い込む。

やがて暗さに慣れてくると、夜目が利《き》いて部屋の様子が判ってきた。

奥行きはかなりありそうだが、窓までの距離《きょり》はそう長くない。天窓とも呼べる高さの小窓から、辛《かろ》うじて月と雪の灯りが差し込んでいる。壁全面に設《しつら》えられた書棚《しょだな》には、いかにも古そうな本がびっしりと並んでいた。

「……図書館……？」

おれは慎重に入口を離れ、中央のテーブルに歩み寄った。

誰かの読みかけの書物が、開いたままで残されていた。この場所で写本でもしていたのだろうか、机の上には他《ほか》にも紙の束とインク壺《つぼ》、ファンタジーでよく見る羽根のペン、紙を押さえる石が置かれている。

天井《てんじょう》からの心許《こころもと》ない光で、開いたページの文字を辿《たど》ってみた。例によって視覚ではなかなか読めない。目を閉じて指先に神経を集中させ、紙質の違いを感じ取ろうとする。

インクの染《し》みこんだ文字部分は、空白よりも僅かに滑《なめ》らかだ。紙の作りが粗《あら》いほど、毛羽の具合で文字の形が判る。

大陸、統治、三王家……三王家統治期の大陸における勢力及《およ》び人口分布……西半島三国を含《ふく》まず……

厚い書物の一部だけでは、何の本かも判《わか》らない。おれは諦めて指を外し、無地の紙束の上に置いた。

「……ウェラー……？」

筆圧の強い者が書き写したのか、下の紙にまでしっかりと文字の跡《あと》が残されていた。冷たくなる人差し指と中指を右にずらし、頭の中に単語をはっきりと浮かべていく。まるで幼稚《ようち》園児《えんじ》か小学生が、基本的なことだけメモしたような箇条書《かじょうが》きだ。

三王家・ラーヒ、現小シマロン植民区ガーション（当時ガルシオネ）に蟄居《ちっきょ》、幽閉《ゆうへい》の後、二十四年後にフィルモス・ラーヒの死亡を確認《かくにん》、血統断絶。

同・ギレスビー、現大シマロン東端《とうたん》ソマーズ（当時ゾーマルツェ）にて戦闘後滅亡《めつぼう》。

同・ベラール、現大シマロン農政調整区コル・ニルゾンにて戦闘時滅亡認定、生存者ペイゲ・ベラールを北神橋海メイ島に幽閉、二十年後特記事項《じこう》により大シマロン王都に移送、ウェラーに改姓《かいせい》。以降五世代を確認。

恐《おそ》らくこの土地がシマロン領になる前に、権力を握《にぎ》っていた王族達の行く末だろう。その中に何故《なぜ》ウェラー卿《きょう》の名が出てくるのかは、歴史音痴《おんち》のおれには解決できそうにない疑問だった。

「……ウェラーに改姓？　ウェラーに……待てよ、元がベラールだったっていうんなら、なんでさっき会ったキちゃってる陛下も髭殿下《ひげでんか》もベラール何世って名乗ってるんだよ……」

自分達が滅亡させた王家の苗字《みょうじ》を孫子の代まで使い続けるなんて。

それに、この特記事項とは何だ？　このために王都に移送され、改姓までさせられたのだろうが。

「ウェラーに改姓後、五世代確認……じゃあこのどっかに、コンラッドの親父《おやじ》さんが……」

グラウンドの中央で再会したとき、コンラッドが口にした言葉を思い出す。

『元々ここは、俺の土地です』

あれはこういうことだったのか。正しく理解できているかどうかは不明だが。

大木をへし折るような音がして、おれの意識は現実に引き戻《もど》された。あんなに頑丈《がんじょう》そうだった図書室の扉が、白木を見せて割れている。次の一撃《いちげき》で、本体より先に掛け金が吹《ふ》っ飛んだ。

入口は勢いよく左右に開き、壁《かべ》に当たって反動で戻った。

「……なぜ逃げるんだ」

肩《かた》で息をする男と視線が絡《から》み、全身に鳥肌《とりはだ》が立つのを感じた。

「そ、りゃ逃げるだろっ!?」

今のアーダルベルトを見れば、二枚目マッチョに群がる婦女子でも逃げるだろう。顔や腕《うで》の傷から血も流しているし、まとう狂気《きょうき》も半端《はんぱ》ではない。死にかけのターミネーターに追われたら、どんな度胸自慢《じまん》でも裸足《はだし》で逃《に》げる。

その上、おれは彼に何度も殺されかけている。たった一回謝られたくらいで、信頼《しんらい》関係など築けるわけがない。

書庫の奥に駆け込むしかなかった。このままでは確実に追い詰《つ》められる、そう判ってはいるのだが。

「おい！　教えて欲しいだけなんだ、本当だ、傷つけるつもりはない」

「信じられるかっ」

追ってくる影は片脚《かたあし》を引きずり、脇腹《わきばら》を腕で押さえている。だらりと下がった左肩《ひだりかた》も、正常な状態ではなさそうだ。

まるでホラーだ。

少しでも障害になるようにと書棚から本をばらまきながら、おれは疲労《ひろう》とストレスでハイになり、こみ上げてくる笑いを抑《おさ》えきれなくなる。

なんだこれは。まるでホラーだよ。フレディに追われるナンシーかよ。どうしておれがこんな目に!?

轟音《ごうおん》がした。反射的に振り返ると、天窓の明かりに埃《ほこり》が舞い上がり、大きな書棚が完全に倒れていた。薄暗《うすぐら》い床で、汚《よご》れた金髪《きんぱつ》が書物に埋《う》もれている。

「……グランツ？」

動かない右腕《みぎうで》が地面に伸《の》びている。

「フォングランツ……？　おーい、アーダルベルト」

安全な距離を予測して、離《はな》れた位置から呼んでみる。返事はないし、動く気配もない。

急に不安が襲ってくる。なにしろ彼はナイジェル・ワイズ「絶対死なない」マキシーンの知り合いだ、こんなことで命を落としはしないだろう。でも、だったらどうして倒れたきり動かないんだ？　見たところ出血はしていないが、大きな外傷がなくても打ち所が悪ければ命取りになる。

本をばらまくなんて罰当《ばちあ》たりなことを、おれが立て続けにしたからなのか。そのせいで書棚のバランスが崩《くず》れ、あいつに倒れかかってきたのかもしれない。いや、それだって普通《ふつう》は避《よ》けるだろう、あんな大きい物を避けきれなかった本人にも責任が……。

いや、普通じゃなかったよ、アーダルベルトは。

ほんの数時間前に、彼は戦闘《せんとう》不能と判定されたのだ。つまりそれはズタボロになるまで叩《たた》きのめされ、満身創痍《まんしんそうい》でこれ以上は闘《たたか》えないという宣告だ。

しかも、どうやら叩きのめしたのはおれらしい。

もちろんこちらに落ち度はない。闘技《とうぎ》場で、試合中の出来事だし、あいつだっておれをぶっコロスとか喚《わめ》いていた。誰にも恨《うら》まれる筋合いはないし、引け目に感じることもない。

だがその時の怪我《けが》のせいで、書棚を避けられなかったとしたら……。

「あーっ畜生《ちくしょう》ッ！ わざとらしく死んだふりなんかしやがってーッ！」

おれは書物の山に駆《か》け寄り、数冊ずつ摑《つか》んでは投げ捨てた。

「グランツ、おいっ、アーダルベルトってば！」

おれは馬鹿《ばか》だ。本当にもう、救いようのない馬鹿だ。

こいつがどれだけ自分を苦しめたか、アーダルベルト・フォングランツがどれだけおれを憎《にく》んでいるか、国に仇《あだ》なす存在か、全部判っているじゃないか。現にこいつは今、まさに今の今までおれを追い回し、恐怖《きょうふ》を与《あた》えていたじゃないか。

なのにどうしてこの意識を失った男を、助けようとしているんだ。

「おれのせいじゃない、おれのせいじゃないかんなっ」

露《あら》わになった首筋の白さに、ぞっとして指を押し付けてみる。まだ脈はある。動いている。

「やめてくれよ、ちょっと、冗談《じょうだん》じゃねーよ。おれの前で……おれの前で死ぬなよ……」

鼻の奥と目頭が熱くなる。奥歯を嚙《か》みしめて震《ふる》えを堪《こら》えた。

もう二度と、あんな気分は味わいたくない。

上半身が現れた頃《ころ》には、おれの息もあがっていた。救出というより発掘《はっくつ》だ。下半身に載《の》った書棚を持ち上げようとしたが、一人の力ではビクともしない。梃子《てこ》になる棒でも無いかと探しても、それらしき道具は見あたらない。

服の裂《さ》け目から血の覗《のぞ》く肩が、ほんの僅《わず》かに痙攣《けいれん》した。

「おいっ」

背中に手を置いてそっと揺《ゆ》さぶってみる。突《つ》っ伏《ぷ》したままの顔面から、低い呻《うめ》きが漏《も》れ聞こえた。

「よかっ……」

いや、良くない良くない。安堵《あんど》の溜《た》め息をつきかけて、おれは慌《あわ》てて否定した。この場合は「ちっ、悪運の強い野郎《やろう》だな」だろう。これまでの経緯《けいい》から考えて。

「……う」

無事な方の腕に力をこめて、上半身を起こそうとしている。

「よせよ、無理だって。脚が棚《たな》の下敷《したじ》きになってるんだ」

それが不可能だと知ると、どうにか顔だけを横に向けた。

「……どうなっ、たんだ」

「ああよかっ……うあー違《ちが》う違うッ！　まったくアクウンの強いヤロウだぜ、だ。待ってろ、いま誰《だれ》か呼んできてやるから。おれ一人じゃ本棚を退《ど》けられないんだ」

「待て」

「待つのはそっちだっての」

俯《うつぶ》せになった体勢のまま、アーダルベルトがおれに右手を伸ばした。ほとんど本能的に仰《の》け反《ぞ》って、敵だった男の指を避けようとする。

「逃げるな。なにも……しない」

人差し指が微《かす》かに喉《のど》に触《ふ》れる。包帯越《ご》しに、温かい何かが流れ込んできた。体温よりも少し高い。開きかけて痛んでいた傷の熱が、周囲に吸収されていく。

あれ？

「……すまなかった」

掌《てのひら》で強く擦《こす》っても、もうその場所に傷はなかった。ただ滑《なめ》らかで健康な皮膚《ひふ》だ。

「治して、くれたのか？」

おれは呆然《ぼうぜん》とした。

「ツェリ様も無理だったのに」

「この土地で、魔力《まりょく》を使うのは難しい。法術なら容易に適《かな》うことでも、魔術ではかなりの力を要するんだ」

「……そんな力が、残ってるんなら……おれじゃなくて自分の身体《からだ》に使えよ。ああ、あああもう喋《しゃべ》んなって！　人を呼んでくるから」

「行かなくていい」

「バカ言うな。一生埋まってたいほど本好きじゃないだろうに」

何が可笑《おか》しかったのか、アーダルベルトが笑った。というよりも、咳《せ》き込んだ。

「行ったらお前は戻ってこないだろう？」

「多分ね」

靴《くつ》の踵《かかと》を摑まれている。いや、摑むほどの握力《あくりょく》は残っていない。ただ右手が軽く触《さわ》っているだけだ。おれは紙の散らばる床《ゆか》に膝《ひざ》をついて、アーダルベルトの頰《ほお》に貼《は》りついた金髪を払《はら》った。

「じゃあどうして欲しいんだ」

「話がしたい」

なんだコイツ？　思わず長い溜め息がでた。

「……いいよ、話せよ。ただしちょっとだけだ。三分経《た》ったら人を呼びに行くからな」

「それでいい」

ろくに身体も動かせないままで、アーダルベルト・フォングランツはまた笑った。おれは彼の眼《め》が見えるように、腰《こし》を屈《かが》めて顔を近づける。

「何が可笑しいんだよ」

「お前は不思議な奴《やつ》だな」

不思議なのはそっちだ。ほんの数時間前の円形舞台《ぶたい》上では、おれの喉を切り裂こうとしていたのに。今になって同じ傷を治したのは、どんな心境の変化なんだ。

「歴代でも稀《まれ》な……強大な力を持つ魔王のくせに、魔族に不利な法術は通用しない。逆に人間にしか効果がないような単純な力が、治癒《ちゆ》の助けになっていたり……」

それは多分おれの肉体がマイド・イン地球で、限りなく人間に近いからだろう。

「ていうか地球ではノーマルに人間だし」

「人間？　お前は魔族だろう」

「さあ、どうなんだか。魂《たましい》レベルの話では、魔王になるのは運命だったとか何とか言われてるけどね」

「それを知りたいんだ」

アーダルベルトは上半身を持ち上げようとした。苦痛の呻きが唇《くちびる》から漏れる。

「教えてくれ、お前の魂の……元の持ち主は……ジュリアなのか？」

「ジュリアって、フォンウィンコット卿《きょう》スザナ・ジュリアって人のことか」

「そうだ」

その名前を聞くとき、彼は非道《ひど》く懐《なつ》かしそうな顔をした。息を吐《は》き、軽く目を閉じる様子は、美しいことだけを思い出しているように見えた。

「……名前だけは聞いたことがあるけど。おれは自分の前世が誰だったかなんて知らないよ。つまり前世ってことだろう？　知りたいと思ったこともあんまりないな」

村田は何もかもガッチリ覚えているようだが。聞いた感じではさして羨《うらや》ましくも思わなかった。

「ではウェラー卿の言っていたことは嘘《うそ》か」

「だからー、嘘かどうかも判《わか》らない。おれの魂って前は誰だったのー？　とか訊《き》かないし。おれにとっちゃ自分の魂が異世界から運ばれてきて、地球で生まれ育ったのにジャジャーン実は魔王でしたー……ってそれだけで充分《じゅうぶん》に衝撃《しょうげき》的だからね。たとえ前世がヒトラーでも、今さら衝撃的事実って気もしねーや。そもそもおれ、自分探しとか苦手なんだよ」

自分を探す暇《ひま》があったら、素振《すぶ》りの三百回でもしたほうがマシだ。

「お前の魂は……この世界から地球とやらに運ばれたんだな？」

「うん。らしいね。コンラッドにね」

アーダルベルトは無事な方の手で、片頬が床についたままの顔を覆《おお》った。骨張って長い指の間から、泣きだしそうな息が漏れる。

「ああ……ではあれは真実なんだな……！」

「真実って……おれの魂の前の持ち主が、スザナ・ジュリアさんだっていうのか？」

ちょっと考えてみた。

「まつざかー、じゃなくて、まっさかーぁ！」

ダジャレー夫人で野球少女なフォンウィンコット卿。おれの前世ならそんな感じか？　まるで想像できなかった。

「だが、お前の魂を運んだコンラッドが、先の所有者を知らないわけがないだろう」

ふと気づいて、おれは頬を緩《ゆる》めた。何をこんなときにとも言われそうだが。

「……友達だったんだな。あんたたち」

アーダルベルトは怪訝《けげん》そうに眉《まゆ》を顰《ひそ》める。

「誰が」

「あんたとコンラッド」

「いや？」

「だってあんたウェラー卿のことコンラッドって呼んだよ……親兄弟でさえ人前ではコンラートって呼ぶのにさ……まあいいや。もし、もしもだぜ？　もしも百万に一つの可能性で、おれの前世がジュリアさんだったとしてもだよ」

そうか、あのときの彼はこんな気持ちだったんだ。心地《ここち》よい船の震動《しんどう》と共に、村田の言葉を思《おも》い浮《う》かべる。

「だったらなに？　おれに変わりある？　おれに何言いたいの」

「お前の魂が、彼女のものだとしたら……」

「そうだとしてもおれは渋谷ユーリだし、それ以外の何者でもない。十六になる直前まで地球で、日本で高校生やってて、草野球チームのオーナーでキャプテンでキャッチャーで、ライオンズファンの渋谷有利だ。今さら前の人生を教えられたって、感情移入して観た映画が一本増えるだけだよ。あんたはおれにどうして欲しいんだ？」

座り込んで膝を抱《かか》え、自分の靴の先を摑《つか》んでみる。

「それとも今から、様でもつけて呼んでくれんのかな」

足もあるし、指もある。上から下まで、髪《かみ》から爪《つめ》までどこもかしこもが、渋谷有利の所有物だ。他《ほか》の誰でもない。

アーダルベルトが口を閉ざした。

おれは静けさに不安になり、俯《うつむ》いたままの相手の肩《かた》を揺する。

「ちょっとおい！　生きてんだろうな、死なないだろうな⁉　おれ行くからな、誰《だれ》か呼びに行ってくるから。だいたい、もうとっくに三分過ぎてっからな。よせよおい、おれの目の前で死んだりすんなよ⁉」

「それくらいでは死にませんよ」

弾《はじ》かれたように顔を上げる。聞き慣れた、それも待ち焦《こ》がれた声だ。

「コ……ウェラー卿……」

しかし今は親しく話すこともできなくて、喉の奥にあるはずのない塊《かたまり》を感じる。

「気を失っただけです。余程嬉《うれ》しいことでも聞いたんでしょうね」

手にした灯《あか》りを顔の横に掲《かか》げて、彼は自分が誰かをおれに教えた。シマロンの兵には珍《めずら》しく、髪は短く整っている。白を基調にした礼装は、余計な飾《かざ》りがなく軍人らしいシンプルさで、闘《とう》技《ぎ》場での制服よりずっと似合っていた。

彼はもう、おれの国の人ではない。

ウェラー卿コンラートは濡《ぬ》れて汚《よご》れた身体に触れ、確かな脈に頷《うなず》いた。散らばる本と倒《たお》れた書棚《しょだな》に目を走らせ、それからやっとこちらを向いた。

「あなたに怪我《けが》は？」

「ないよ。むしろ前より健康だ」

無意識に指が喉をさすった。

「ああ、グランツが。彼は法術が使えるから……もし足も腰も大丈夫《だいじょうぶ》なら、ちょっと手を貸してもらえませんか」

「いいよ、でも二人だけで持ち上がんのか？」

「あなたが頑張《がんば》ってくれれば、恐《おそ》らく」

アーダルベルトの身体《からだ》を避《さ》けて回り込み、慎重《しんちょう》に足場を決めて木造の書棚に手をかけた。短い合図で思い切り持ち上げる。おれの力が必要だったのかと疑うほど、棚は簡単に持ち上がった。コンラッドは隙間《すきま》に何かを蹴《け》り込んで高さを維持《いじ》し、その間にアーダルベルトを引きずり出した。

「……骨、折れてる？」

おっかなびっくり覗《のぞ》き込む。さすがにありえない方向に曲がっていたりはしなかったが、革《かわ》の軍靴《ぐんか》のすぐ上が、恐ろしい勢いで腫《は》れ上がっていた。

「折れてますね」

「ううぁあ、見るんじゃなかったー！」

他人事《ひとごと》ながら同じ場所が疼《うず》く。骨折など見慣れているウェラー卿の診立《みた》てでは、左腕《ひだりうで》は亀裂《きれつ》で済むそうだ。

「でもこれで、当分はあなたに付きまとえない」

「つきまとわれてたのかな、おれ……これまでとまったく違《ちが》ってたからさ。言葉遣《ことばづか》いまで、なんか普通《ふつう》で。悪人っぽくないっつーか」

「考えるところがあったんでしょう」

椅子《いす》の脚《あし》を剣《けん》で叩《たた》き折り、ウェラー卿は自分のシャツを脱《ぬ》いだ。ちらつく灯《ひ》でも明らかな上質の布を、惜《お》しげもなく何本かに引き裂《さ》いてゆく。角張った扱《あつか》いにくい棒を添《そ》え木にして、男の足を固定する。帯状の布の片端《かたはし》をくわえ、ずれないようにきつく巻き付ける。両肩《りょうかた》の筋肉が動作の通りに収縮していて、おれはぼんやりとそれを眺《なが》めていた。動いてる。当たり前のように。

左の二の腕は、幅《はば》の広い包帯で覆《おお》われていた。あの布の下のどこかから、コンラッドの腕は斬《き》り落とされたのだ。この眼《め》で確かに見た。

脇腹《わきばら》の大きな傷跡《きずあと》は、ヨザックが言っていた激戦でのものだろう。背中にまた、新しい傷がある。塞《ふさ》がってから日が浅いのか、縫《ぬ》った跡が克明《こくめい》だ。

「それ、いつ……」

「いつと言われても。説明が難しくて」

「だいたいさぁ」

振《ふ》り向きもしないコンラッドの背中に向かって、おれは一人で腹を立てていた。聞いている人がいないという気安さからか、次第《しだい》に声も荒《あら》くなる。

「だいたいさあ、あの爆発《ばくはつ》でどうやって助かったわけ⁉　非常識だろあれで五体満足っつーのは！」

「お気に障《さわ》ったのなら、申し訳ありません」

そういう答えを聞きたいんじゃない。

「なんでそんなよそよそしい喋《しゃべ》り方してんだよっ。ちゃんと説明しろよ、どうやって生きてたのか。どうして消えてどうして腕が元どおりなのか。どうしておれの前からいなくなって……どうしていきなりシマロンに仕えてるのか……っ」

足の固定を終えたコンラッドは、アーダルベルトの肘《ひじ》に添え木を当てた。

「シマロンに仕えているわけではありませんよ」

「……じゃああの陛下か殿下《でんか》の部下なのか⁉」

肌寒《はださむ》さを感じたのか、放《ほう》ってあった上着を直《じか》に羽織る。腕の包帯と背中の傷が見えなくなって、正直なところホッとする。

「訊《き》きにきてくれなかったじゃないですか」

急激に頭に血が上る。どうあっても一発殴《なぐ》ってやろうと、非力な拳《こぶし》を握《にぎ》り締《し》める。ウェラー卿は真っ直《す》ぐに立ち、見慣れた笑《え》みをおれに向けた。人柄《ひとがら》の良さが滲《にじ》みでる、誰《だれ》にも好かれる穏和《おんわ》な表情だ。

「待っていたのに」

飾《かざ》り気《け》のない白い上着の裾《すそ》を摘《つま》み、ふざけた手つきで引っ張ってみせた。

「あなたの望む答えを用意して、こんな……慣れない礼服まで着てね」

床《ゆか》に投げられて皺《しわ》になったジャケットだ。なのに彼が袖《そで》を通すと、正装になった。

「あそこに居たのか」

「ええ、いました。ご婦人と踊《おど》られているのを見ましたよ。お上手です。俺としても鼻が高い。あなたにダンスの手解《てほど》きをしたのは俺ですからね」

「だったら何で声かけてくんないんだよっ」

銀を散らした茶色の目を細め、コンラッドは口元の笑みを深くする。

「俺のほうがずっと身分が下だ。こちらから話しかけるのは不自然です。言ったでしょう？これから先、あなたのことを……陛下と呼ばぬように努めると」

雪溜《だ》まりに頭を突《つ》っ込んだような、冷たい刺激《しげき》に襲《おそ》われる。目蓋《まぶた》も鼻も喉《のど》の粘膜《ねんまく》も、柔《やわ》らかい部分がすべて痛む。

ウェラー卿コンラートはもうおれの友ではないと、そう断言されたも同じことだ。

「……洗脳されてんだろ？」

壊《こわ》されたままの扉《とびら》から、廊下《ろうか》の騒音《そうおん》が流れ込んだ。

「操《あやつ》られてるんだよな⁉　それかあの髭《ひげ》に弱みを握られて、脅《おど》されて仕方なく働いてるんだよなっ？」

場を収めようとする警備兵と、他人の不幸を楽しもうとする人々が、入り交じっては走っていく。好奇心《こうきしん》剥《む》きだしの女性が嬉《うれ》しげに叫《さけ》んだ。

「シマロンの領主様が急に倒《たお》れられたそうよ」

誰が⁉

「行きなさい。奥方が大変な様子だ」

「コンラッド」

右手を差し出した。彼の左手が、握り返してくれることを信じて。最後の可能性に賭《か》けようと思って。

「来いよ」

ウェラー卿《きょう》はゆっくりと首を振った。

「……いいえ」

おれは賭けに負けたのだ。

8

フリン・ギルビットは半狂乱《はんきょうらん》になっていた。

「しっかりしてあなた、ノーマン！　嗚呼《ああ》どうか、どうか神よ、私の夫をお救いください」

「……は？」

絹の手袋《てぶくろ》をはめた指をぎゅっと組み、天を仰《あお》いで神に祈《いの》った。おれの好きな青いドレスのままだ。

「もぐううう」

担架《たんか》に乗せられて運ばれて行くのは、銀のマスクを被《かぶ》ったままのたうち回るノーマン・ギルビットだ。ヴォルフラムが担架を先導し、フリンと村田とヨザックが、患者《かんじゃ》の脇を走ってついていく。

乱れた銀の髪《かみ》が風になびいた。

「うわ大変だ、旦那《だんな》さんが急病なんだー。奥さんお若いのに災難ねー……って、はあ!?　ちょっと待てーっ」

一目会ったその日から覆面《ふくめん》領主の花咲《はなさ》くこともある、ということで今日までノーマン・ギルビットを演じてきたのは、他《ほか》ならぬおれ、演技派の渋谷ユーリである。だが時の流れは早いもので、第二代覆面領主ノーマン・ギルビットは、先程《さきほど》正式に卒業した。

なのに今、猛《もう》スピード担架で搬送《はんそう》されている男は、見覚えのありすぎるマスクを被っている。

「ちょっと待てフリーン、そいつ誰よ!?　一体その男は何者だー!?」

もしかして三代目を襲名《しゅうめい》済みなのか。

一行を追いかけて部屋に入ろうとすると、廊下に集まった野次馬のうち、最も若いご婦人が教えてくれた。

「あらあなた、あの奥様と踊ってらした青年将校ね？」

「青年しょ……」

「あの奥様と……関係にあるのでしょ」

「何関係ですって？」

「だから……関係よ。不倫《ふりん》。不倫よ、不倫関係よ」

わざわざ小声にしておきながら、強調して三度も繰《く》り返してくれる。

「そーよねーそれはそーよねーあの奥様お綺麗《きれい》だものねえ。愛人の一人や二人お持ちよねえ。でも良かったわねあなたあなたおめでとう。もしかしたら正式に夫になれるかもしれないわ」

おれたちの関係が終わったことなどつゆ知らず、ご婦人は自慢《じまん》げにスキャンダル情報を披露《ひろう》し続ける。

「あのね決勝戦で旦那のノーマン・ギルビット氏が頑張《がんば》ったでしょ。頑張って優勝したけど怪《け》我《が》したでしょ。どうもその傷が悪化して、ついに倒れたらしいのよ。生死の境を彷徨《さまよ》ってるらしいのよ」

「倒れたー!?」

待てよ、ノーマン・ギルビットはおれだろ、だったらそのマスクの中身は誰なんだよ。

「フリン!」

おれは大急ぎで部屋に入り、秘密が漏《も》れないようにとドアを閉めた。フリンと村田とヨザックとヴォルフラムの、八つの瞳《ひとみ》が集中する。

「なんでおれ以外のノーマン・ギルビットが死にかけてんだ?」

「しーっ」

四人一斉《いっせい》に人差し指を立てる。仮面の男は相変わらず悶絶《もんぜつ》していた。決勝で傷つけられた首ではなく、膝《ひざ》を抱《かか》えて転げ回っている。

肩《かた》に積もった雪を払《はら》いながら、村田が悪戯《いたずら》を企《たくら》む顔をした。

「身分の高い人間の遺体が必要なんだ。正確に言うと、棺桶《かんおけ》がね。そのために皆《みな》で一芝居《ひとしばい》打ってるところさ。まあ彼の場合は……」

ノーマン役はベッドの上で藻掻《もが》き苦しんでいる。

「あながち演技ともいえないけどね」

「そりゃそうですよ」

ヨザックは既《すで》に呆《あき》れ顔だ。お子様達の奇抜《きばつ》な作戦には、とてもついていけないと言いたそうだ。

「雪で滑《すべ》って膝の皿を割ってからに、中年兵士が三日間履《は》いた脱《ぬ》ぎたて靴下《くつした》を、猿《さる》ぐつわがわりに突っ込まれてるんですから」

「うっ」

なんという恐《おそ》ろしい簡易猿ぐつわだろう。それはもうほとんど拷問《ごうもん》に近い。迫真《はくしん》の演技にも納得《なっとく》がいく。

「じゃあこの人は今から亡《な》くなる予定なんだ……」

「そういうこと」

「ろーれもいいれふけろ、へめてはるふつわふらいはほっへふらはーい」

重病人役の青年は、不明瞭《ふめいりょう》な言葉で嘆願《たんがん》した。

「ひらろへらもひたみろめふれるっへひったひゃらいれふはー」

「あーあーはいはい、痛み止めね。それから猿ぐつわ外したいのね」

覆面を外すとごく普通《ふつう》の青年だった。正規の兵士ほど髪は長くないし、戦闘《せんとう》するぜ！　という厳《いか》つい顔つきでもない。どこか芸術家風な雰囲気《ふんいき》をまとう、年上女性にモテそうな優男《やさおとこ》だった。

「は――……口の中がまだ臭い気がしまーす。金額面でも合意したのに、靴下出してくれなかったのはひどいでーす」

痛み止めも貰《もら》ってやや機嫌《きげん》を直した彼は、ベッドに腰掛《こしか》けて水を飲んだ。

「なんだか勤勉な留学生みたいな喋《しゃべ》り方だなあ」

「あー、ワタシ、ガーディーノといいまーす。絵と芝居《しばい》勉強しに上京してきましたー。でも学生なのでお金足りませーん。だから警備隊で臨時兵士でーす。絵と芝居もっと勉強したいのですがー、上級学校には学費が高くてすすめませーん」

「やっぱり留学生みたいな喋り方だな」

若きガーディーノは拳《こぶし》を握《にぎ》り締《し》め、燃える瞳で金勘定《かねかんじょう》をした。

「提示された額だけ貰えれば、ワタシ二年間上級学校通えまーす。しかも毎週一度なら、脱いでくれる女の人も雇《やと》えまーす……頑張ります頑張ります頑張りますヨー？　全身全霊《ぜんれい》をかけて死体役の演技しますヨー？　ミナサンワタシの死にざま見ててくださいねー！」

これまた随分《ずいぶん》、個性派俳優を雇ってしまったようだ。恐らく仮面は被ったままだから、呼吸にだけ気をつけていればいい話だろうに。

「ふん。芸術方面でどの国よりも秀《ひい》でているのは、我々眞魔《しんま》国の王立芸術団だ。あそこは猫《ねこ》も演技が出来るし、亀《かめ》の天才画伯《がはく》もいる」

何事も魔族イズナンバーワンなヴォルフラムが、凄《すご》いことをサラリと言った。亀の天才画伯。

見たい、とても見たい。でも一作描《えが》き上げるまでに、何百年もかかってしまう危険が。

「すごーい、そこに留学したいでーす……けどなんだか眠《ねむ》くなってきましたー……」

痛み止めが効き始めたバイトくんをベッドに寝《ね》かせ、フリンは気合いを入れて泣く準備をする。まとめていた髪を解《ほど》いて掻《か》き乱し、化粧《けしょう》を落としてやつれた感じをだす。

「……ひゃー、やっぱ美人は何しても綺麗だねぇ」

「いやね陛下、何言ってるの」

おれは甘いとも酸《す》っぱいともいえない、奇妙《きみょう》に切ない気分になった。人の感情とは不思議なものだ。もう恋《こい》には落ちないと決めた途端《とたん》に、殺し文句が照れずに言えるのは何故《なぜ》だろう。

「でも何で棺桶なんか必要なんだ？　ノーマン・ギルビットの葬式《そうしき》なら、国に帰ってからじっくりやればいいじゃん」

「あれー？　もしかして誰《だれ》も渋谷に話してなかったの？」

「何だよそれ、おれだけ除《の》け者かよ。一体きみたちはおれを誰だと思って……」

「はーい、ではこれより第二幕、ノーマン・ギルビットの死に入りまーす。泣き屋の皆さんしっかり涙《なみだ》お願いしまーす」

真相の説明を受ける前に、ヨザックが部屋のドアを開けてしまっていた。

髪を振《ふ》り乱し、泣き腫《は》らした赤い目のフリンが、祈りの言葉を口にしながら廊下《ろうか》に出て行く。

「おお神よォ、あなたが私に与《あた》え給《たも》うた試練が、これほど辛《つら》いものだとはァー！」

自らが夫に成り代わり、何年も務めてきたとは思えぬ大根ぶりだ。

「皆様《みなさま》、今月今夜この時刻に、夫、ノーマン・ギルビットは身罷《みまか》りました！」


葬列《そうれつ》は最初はしめやかに、次にそわそわと、最後には逃《に》げるように進んだ。

大シマロン王都にいるうちは、大物の葬儀《そうぎ》らしく振る舞《ま》わなければならなかった。

なにしろ今やノーマン・ギルビットは、小シマロン領カロリア自治区の委任統治者ではない。カロリアは大シマロンが主催《しゅさい》する「知・速・技・総合競技、勝ち抜《ぬ》き！　天下一武闘会《ぶとうかい》」に史上初めて主催国以外の優勝を果たし、正式に独立を認められたのだ。

独立国家の主《あるじ》は、尊敬をもって送られるべきだ。遺体を収める棺桶ひとつとっても、軽々しく扱《あつか》われてはならない。

たとえその中に鎮座《ちんざ》しているのが、もう一回り小型の箱だとしても。

聞けば聞くほど驚《おどろ》くべき作戦だった。

その巧妙《こうみょう》さに舌を巻くということではなくて、国の救い主とも称《しょう》される双黒《そうこく》の大賢者《だいけんじゃ》様が、このような子供じみた作戦を思いつくなんて！　という驚きだ。

船上の日曜大工で作った模造品とすり替《か》え、大シマロンの神殿《しんでん》から「風の終わり」を持ち出したはいいが、それを安全な場所まで運ぶ手だてがない。白く塗《ぬ》ったら少年用の棺桶にそっくりだから、葬式を装《よそお》って運ぼうかとも考えた。だが、検問で兵士に見《み》咎《とが》められた場合、蓋《ふた》を開けて中を確認《かくにん》させるわけにはいかない。ではもうワンサイズ大きい箱に入れて、中身を見られないようなもっともらしい理由をつけてはどうか。

蓋を開けられずに済む理由……うってつけの「故人」がいる。

テンカブで傷を負ったばかりのノーマン・お前は既に死んでいる・ギルビットだ。

大シマロンは「カロリアの巨星《きょせい》、墜《お》つ」なんてキャッチまでつけて、ノーマン・ギルビットの仮葬儀をしたがった。破れてもなお、勝者に敬意を表する国家として、度量の広さを見せつけたかったのだろう。

ガーディーノはぴくりとも動かぬ見事な死体役を演じた。ただし寝《ね》息《いき》がうるさかったので、脇《わき》にいる誰かが終始話し続けなければならなかった。フリン・ギルビットは悲しみを堪《こら》え、夫に寄り添《そ》う悲劇の妻として、王都中の女性の同情を得た。ヴォルフラムとヨザックは共に闘《たたか》った故人のチームメイトとして、ノーマンとの死を越《こ》えた友情を詩人に謳《うた》われた。本人とは一度も会ったことがないのに。

村田は過去の記《き》憶《おく》を総動員し、経験豊富な冠婚葬祭《かんこんそうさい》部長として立ち回った。彼が細かな案を次々出さなければ、異国での嘘《うそ》つき仮葬儀など絶対に不可能だっただろう。

立場がなかったのはおれだ。

闘技場《とうぎ》でゴーグルは着用していたが、銀のマスクは被《かぶ》っていなかった。従って観戦していた一部の貴婦人と男連中には「ノーマン・ギルビット顔」認定をされている。逆に、パーティーに招待されていた女性達からは、フリン・ギルビットの若い愛人扱いだ。結局、ゴシップ好きなお嬢《じょう》さん方の想像から、カロリアの女主人は夫によく似た若者を寵愛《ちょうあい》しているという、結構な噂《うわさ》が立ってしまった。

お急ぎで染めた栗色《くりいろ》の髪《かみ》と、度無しコンタクトの茶色の瞳《ひとみ》。それが本物のノーマンと似ているかどうかは知りたくもない。けれどおれが啜《すす》り泣くフリンの傍《そば》にいるだけで、弔問《ちょうもん》に来た女性達は皆《みな》、囁《ささや》いた。ほらあれが噂の、ギルビット夫人の愛人よ。

愛人どころか実生活では恋人もいないよ。

棺《かん》の蓋を閉めてからは、もう二度と中を改める役人はいなかった。独立直後とはいえ一国の主の葬列だ、疑うこと自体が不謹慎《ふきんしん》だった。

実際には、豪奢《ごうしゃ》な棺桶《かんおけ》で運ばれているのは遺体ではなく、布にくるまれた「風の終わり」だったのだが。

王都を抜けたあたりから、おれたちは大慌《おおあわ》てで逃げ始めた。

宝物庫から盗《ぬす》まれたのがゾウ頭の魔王像だったので、今のところ箱のすり替えには気づかれていない。だが、ひとたび事が露見《ろけん》すれば、疑われるのは目に見えている。気づかれる前にとっとと逃げちまえ。こっちには最速羊軍団がついているのだ。

Tぞう率いるチーム・シツジの車には、棺とおれとフリンと村田が乗った。故郷では羊飼いをしていたというガーディーノが、喜び勇んで御者席《ぎょしゃせき》に座っている。

どうしてこの男がついてくるのか判《わか》らない。

ツェリ様はファンファンとシマロンに残った。次の野望は自由恋愛《れんあい》世界一周旅行らしい。もちろん足元にはシュバリエが、いつものように控《ひか》えている。

ヴォルフラムとヨザック、サイズモア、ダカスコスは、併走《へいそう》班の馬を使った。困ったことに馬と羊は日本でいう犬猿《けんえん》の仲で、互《たが》いに凄いライバル意識を持っていた。隣《となり》に並べれば負けまいと無意味に突《つ》っ走り、どちらかを後方に回せば不満で糞尿《ふんにょう》をまき散らした。羊は超《ちょう》朝型なので、昼間は機嫌が悪いのだ。

やむを得ず羊車と馬車の間隔《かんかく》を開けたが、これでは敵に攻撃《こうげき》を仕《し》掛けられたときに弱い。馬とシツジがこんなに仲が悪いなんて、購入《こうにゅう》するときに誰も教えてくれなかったじゃないか。

「それにしても、ちょっとばっか引っかかるんだけどさ」

「うん？」

おれは御者席の隣に陣取《じんど》り、荷台で揺《ゆ》れる村田に問いかけた。

「お前はヨザックに船上で箱の模造品を作らせてたよな」

「うん。彼の趣味《しゅみ》は日曜大工だからね」

「知らなかった……じゃなくてェ、ということはあの段階で、箱をすり替えようと計画してたんだよな？」

「うん」

「てことは、てことはだぜ？　お前はチームの補欠として行動を共にしながらも、おれたちが優勝できないと踏《ふ》んでたわけ⁉」

村田は頭の後ろに手をやって、やははと爽《さわ》やかに高笑いをした。

「やだなあ、そんなこと思ってないってェ。絶対に優勝すると信じてたって」

「だったらなんで試合前どころか行きの船中から、負けたときの準備を始めてるんだよ」

「あれは負けたときの準備じゃないよ」

「嘘つけ」

「嘘じゃない。ああなると思ってたんだ」

フリンが幌《ほろ》から身を乗り出し、冬の風に銀の髪を嬲《なぶ》らせた。

大賢者と呼ばれる友人は、罰当《ばちあ》たりなことに金貼りの棺に寄りかかり、危険な中身を宥《なだ》めるように撫《な》でた。

「優勝しても、きみは箱を希望しないだろうって思ってたんだよ」

「……なんだよそれ。あの双子《ふたご》の預言みたいなこと言っちゃってさ」

「預言じゃないよ。僕にはそんな便利な超能力ないからね。だいたい日本で超能力者っていったって、エスパー伊東《いとう》くらいしかいないだろ？　ただこう思っただけ。ヨザックに魔剣《まけん》の話を聞いてね。きみならガガフッ」

車が轍《わだち》を乗り越えた。荷物共々大きく揺れる。

「ひてて、ひたかんしゃったろ……きみなら『風の終わり』を公然とカロリアに持ち帰るのが、どんなに危険か気づくだろうって」

「ソモふっ？」

Tぞうがおれを振《ふ》り返った。方角合ってますかと訊《き》きたそうだ。

「あたってるよ」

人よりずっと目のいいはずの羊達が、急に乱れて走りを止《や》めた。おれは慌《あわ》てて魔動遠眼鏡《とおめがね》を取り出し、はるか前方を確認する。

「お前等、どうし……うおっ」

「どうした渋谷？」

「兵隊だ！　馬で、しかも三十騎《き》以上だ。ガーディーノ、車を森側へ寄せろ。くそ、馬の連中はどれだけ離《はな》れてるんだ⁉」

肉眼では見えなかった茶色い点があっという間に大きくなった。蹄《ひづめ》の音と地響《じひび》きをともなって、正面から三十騎ほどが駆《か》けてくる。ろくに装備もない状態で、馬に乗った連中に囲まれたことなどない。しかも一騎や二騎ではなく、制服組まとめて三十人だ。

制服組と呼んではみても、どこの国の兵士なのかは不明だった。見慣れた黄色と茶、白ではないし、国境を越えた向こう、小シマロンの水色と灰色の軍服とも違《ちが》う。揃《そろ》いの濃緑《のうりょく》の服以上に、もっと目立つ共通点があった。

赤と緑で隈取《くまど》られた不気味な仮面。

おれはそれを目にしたときに、全身の血が沸騰《ふっとう》するのを感じた。全《すべ》てはこの仮面の連中から始まったのだ。

おれの目の前でギュンターを射落とし、コンラッドの腕《うで》を斬《き》り落とした男達。ノーマン・ギルビットの館《やかた》の窓辺で、おれを暴走させた男達。その毒々しい赤と緑の仮面を覚えている。濃緑の、はためく服を忘れてはいない。

彼等は羊車を遠巻きに取り囲み、昼の日差しに抜《ぬ》き身の剣をギラつかせた。一頭が焦《じ》れて嘶《いなな》くと、隣へ隣へと伝染する。

一歩前に進み出た男が叫《さけ》んだ。

「カロリアの一行かっ!?」

なるほど、これで荒《あ》れ野の盗賊《とうぞく》団という疑いは晴れた。確かに標的を選んで襲《おそ》っているようだ。それも特殊《とくしゅ》な標的を。

「そうだと答えるべきなのかな」

御者席の隣に陣取《じんど》ったまま、おれは村田に囁いた。馬車組が遅《おく》れるからこういうことになる。

非戦闘員《ひせんとう》ばかりの車が、プロの殺人集団に囲まれるのだ。もっとも後方隊が今すぐ到着《とうちゃく》しても、三十対四では勝ち目はない。

「ンモモモふーっ！」

Tぞうが四肢《しし》を突っ張り身を低くした。ごめん、お前を数に入れてなかったよ。

「もう一度訊く！　カロリアの一行かーっ!?」

「だったらどうしようってんだ」

「知れたこと、命をいただくまでよ！」

返事なんてするもんじゃない。

おれは荷台に駆け込み武器を漁《あさ》った。かろうじて攻撃を食い止められそうな、貧弱な棍棒《こんぼう》を発見した。もっとこう、鉄球とかないもんかね、鎖鎌《くさりがま》とか。

車内を見回すおれの眼に、金貼りの棺が飛び込んでくる。

……この中には最強にして最悪、最終兵器たる木の箱が……。

良からぬ考えを振り払《はら》うように、おれは拳《こぶし》で強く頭を叩《たた》いた。いかんいかん、一度蓋《ふた》を開けてしまえば、どうなるのかは誰《だれ》にも判らないのだ。発動するのか沈黙《ちんもく》するのかも明らかではないし、本物の鍵《かぎ》以外では何に反応するのかも突き止められていない。更《さら》には雑魚《ざこ》キャラを吐《は》きだして、大陸半分に大打撃を与《あた》えることもある。

こんな兵器を使うことは、たとえ一瞬《いっしゅん》でも考えてはいけない。

ではまだ僅《わず》かながらにコントロール可能な、魔王陛下の超絶魔術はどうだろうか。これまでは発射ボタンの押しどころが把握《はあく》できなかったが、今回はムラケンという確実な起動装置がある。

「馬組が来るまで時間を稼《かせ》ぎたいとこだけど、来たからといって互角《ごかく》に戦える頭数じゃないしなあ。でも、四人の到着を待たずに玉砕《ぎょくさい》して、屍《しかばね》となって迎《むか》えるのも空《むな》しいし……」

「えーい村田、ロダンポーズで悩《なや》んでる場合じゃねーよ！」

おれは村田の襟《えり》を摑《つか》み、危機感に欠ける顔を引き寄せた。

「頼《たの》みがあるんだ」

「あいよ」

「おれに力を貸してくれ」

「それは、僕にスイッチオンしろってこと？」

「そ……」

「駄目《だめ》だ」

返事も最後までさせてもらえずに、おれの提案は却下《きゃっか》された。

「燃料補充《ほじゅう》を一切《いっさい》しないままで、何度も爆発《ばくはつ》してどうするんだよ。そのうち燃やす物が足りなくなって、ついには自分自身を壊《こわ》すことになる。今のきみは明らかにレッドゾーンだ。ガソリン不足でメーターの針はエンプティーなんだよ」

「この状態でどうにか生き延びるには、どう考えたって他《ほか》に方法がないだろ⁉︎」

「それでも駄目だ！　悔《くや》しかったらＭ　Ｐ《マジックポイント》満タンにしてみな。きみの場合、宿屋に泊《と》まったくらいじゃ回復しないけどね」

「っあーっもうッ」

いつでもどこでも起動装置・村田くんは、とんでもない説教機能つきだった。しかもおれより確実に弁が立つ。

「……しょーがない、助命嘆願《たんがん》の説得してみるか。お前のが頭いいんだから手伝えよ……」

「そういうことなら喜んで」

フリンと留学生を残して車から降りる。三六〇度、赤と緑の隈《くまど》取りに囲まれて、トーテムポールの中身にでもなったみたいな気分だ。

「えー、今からー、人として当然の権利を主張するーぅ」

軽く握《にぎ》った右手は顎《あご》の下に。空想マイク。

「悲しいことにー、命をいただかれるからにはー、それなりの理由がなくてはならなーい」

「なくてはならなーい」

「悲しいことにー、逃《のが》れられないならばーぁ、死ぬ前にその理由を知りたーい」

「知りたーい」

「飯はうまくつくれー」

「つくれー」

いつも綺麗《きれい》でいろー……主張の趣旨《しゅし》が変わってきてしまった。

この恐《おそ》ろしく無関係な命の引き延ばし作戦にも、隈取り仮面の殆《ほとん》どはピクリとも反応しない。十人以上の集団なら、必ず一人はくだらないギャグにはまる奴《やつ》がいるものだが。

リーダー格の男だけが、明瞭《めいりよう》簡潔な返事をした。

「答える必要はない」

それだけかよ。

「我等はカロリアの一行を抹殺《まっさつ》するよう命を受けた。気の毒だが諦《あきら》めろ」

「待て、おれたちがカロリア人じゃないって可能性も考え……」

音高く空を切って来た何かが、仮面組の一人の胸に突《つ》き立った。続いてもう一撃《いちげき》、次には馬の足元に。泡《あわ》を食った小心な動物は、恐怖《きようふ》と興奮で棒立ちになる。二人が雪の残る濡《ぬ》れた地面に落ちた。だがすぐに立ち上がって剣を摑む。

「中に入ってろ!」

フリンと留学生を怒鳴《どな》りつけると、おれは咄嗟《とっさ》に矢の放たれた方角を見た。凍《こお》りかけた泥水《どろみず》を跳《は》ね上げて、大小取り混ぜた集団が突っ走ってくる。騎馬《きば》兵が僅かに三人いるが、それ以外は薄汚《うすよご》れた格好の男達だ。

「……誰だ、あれ?」

非力な棍棒で頭上からの剣を避《よ》けながら、おれは村田の無事を確認《かくにん》する。

「お前も中入ってろ！　頭潰《つぶ》されたらもったいないだろ⁉」

「ンモーッ、モタマニモフーっ！」

革《かわ》のベルトを引きちぎり、クィーン・オブ・シツジが参戦した。馬の踝《くるぶし》に嚙《か》みついては、敵を地面に落としてゆく。横を向いてぺっ、と血を吐き捨《す》てた。お、男前だ。

どこから来たのか判《わか》らない援軍《えんぐん》が、文字では表現できない奇声《きせい》を発して乱入してきた。その頃《ころ》になってようやく馬車組が間に合い、血相を変えたサイズモアとヨザックが躍《おど》り出る。

「ユーリ！」

「ここだ」

おれの反応に安堵《あんど》の表情を見せて、ヴォルフラムが駆《か》け寄ってきた。

「こいつらは何者だ、というかあいつらも何者だ⁉」

「そんな難しいことをいっぺんに訊《き》かれても」

三十対十五……六？　七くらいの戦闘は、どちらかというと少数派が優勢に見えた。馬上の剣士《けんし》が二人しかいないので、恐ろしく小回りが利《き》くらしい。しかも服も武器もバラバラの集団は、戦い方が汚《きたな》……いや狡猾《こうかつ》だ。一対一で迎え撃《う》つ者は一人としていないし、正々堂々と斬り合う者もいない。

おれはヴォルフラムとTぞうの後ろにやられ、泥で濡れた車輪に背中を預けていた。

世界は広いというけれど、羊に護衛された男はおれしかいないだろうなあ。なにやらとてもトホホな気分だ。

「……コンラッド……？」

一番遠くで騎乗《きじょう》したままの二人組のうち、一人の影《かげ》がどうしてもウェラー卿《きょう》に思えた。もう一人は恥《は》ずかしいほど派手な服装だが、コンラッドらしき人はシマロンの軍服姿だ。

「なあヴォルフ、あれ……コンラッドだ」

「なに⁉ あのバカどうしてこんなところに……確かに似てるな」

実弟《じってい》にもお墨《すみ》付きを貰《もら》い、どうにかそっちへ行こうと試みるが、命が惜《お》しくて動けない。それでも眼《め》だけは彼の動きを追っている。

昼の陽光を反射して、鋼《はがね》の銀が弧《こ》を描《えが》く。あの居合いに似た無駄《むだ》のない軌跡《きせき》は、確かにウェラー卿コンラートだ。隣《となり》にいる派手な服の男は誰だろう。原色ばかりいくつも並べて、目がチカチカしたりしないのだろ……。

「ユーリ！」

「うわ、はお」

気を抜《ぬ》いたのはほんの数秒だったのだが、背後の幌《ほろ》にナイフが刺《さ》さっていた。耳からほんの数センチだ。目前で何かにぶつかって方向が逸《そ》れたように見えた。誰かが石でも投げてくれたのだろうか。

「はおって返事はないだろう、はおって返事は！」

ヴォルフラムは結構、言葉遣《ことばづか》いに厳しい。

赤緑の隈《くまど》取り仮面の一団が、急に馬の方向を変えた。半分かそこらに数は減っているが、全速力で北に向かっている。

「逃《に》げた？　敗走してんの？」

おれはなるべく地面を見ないように、高い位置に視点を置いていた。荷台から這《は》い出てきた村田健が、不自然な目線に気づいて何をしているのかと訊いた。

「あーほら、下にはいろいろあるから」

「あ、なるほど。首とかね」

車を跳《と》び降りたフリン・ギルビットは、血に染まる雪と泥水に溜《た》め息をついた。

「……なぜ狙《ねら》われたの」

「カロリアを独立させるのが、今になって惜しくなったんだよぉ」

その美少女アニメ声は。

おれと村田とヴォルフとヨザックは、ぎょっとして声の主を見た。原色を並べたポンチョみたいな派手な服に、不健康な黄色い肌《はだ》。病的に痩《や》せた右腕《みぎうで》には、細身の剣が握られている。

「ベラール四世陛下……」

「やあ！　皆《みな》さんとはどこかでお会いしたねぇ？　表彰式《ひょうしょうしき》かなそれとも舞踏会《ぶとうかい》かなぁ」

えらの張った顎とマッシュルームカットは、返り血を浴びて赤く染まっている。そんな外見で微笑《ほほえ》まれて、おれはリプリーに睨《にら》まれたエイリアンみたいな気持ちになった。

「アハハ伯父《おじ》上の作戦を邪魔《じゃま》するのはアハ本当に気持ちがいいねぇ、これで皆さんのカロリアはちゃんと独立するし、また伯父上の評価が下がっちゃうよねぇ。あはは権力者が狼狽《うろた》える姿を見るのは、ほんと楽しくてやめられないよぉ」

楽しげに間延びした語尾《ごび》の後に、ベラール四世陛下は一言だけ呟《つぶや》いた。

「……早く消えればいいのに」

おれはもう、眉《まゆ》が八の字になってしまい、鳥肌《とりはだ》が耳の中まで侵攻《しんこう》していた。恐ろしい、人間って恐ろしい。

「あ、気にしなくていいよぉ、死体や怪我《けが》人はシマロン側が引き受けるからぁ。元を辿《たど》ればこのひとたちもウチの国の兵士なんだもぉん。春まで放置したりはしないからねー」

「陛下！」

おれとベラール四世が同時に振《ふ》り向いた。だがすぐにどちらが呼ばれたのか判る。ウェラー卿はもう、おれのことを陛下なんて呼ばない。彼は一緒《いっしょ》に眞魔《しんま》国に戻《もど》ってはくれないのだから。

「戻りましょう陛下。あまり長く王宮を空けていると、二世殿下《でんか》に怪《あや》しまれます」

「そうだねぇ」

シマロン軍の制服を身に着けた男は、新しい主《あるじ》を促《うなが》して背中を向けた。今のおれの惨《みじ》めさを紛《まぎ》れさせてくれるなら、禁酒禁煙《きんえん》をやめてもいい。

よほど情けない顔をしていたのか、ヴォルフラムが軽く肘《ひじ》に触《ふ》れる。普段《ふだん》よりずっと口調が穏《おだ》やかだ。

「ぼくがお前に言ったことを覚えているか」

「どれだよ。色々言われすぎて判んねぇよ」

彼は血を拭《ぬぐ》った剣を鞘《さや》に収める。かちん、と戦闘《せんとう》の終わる音がした。

「……愚《おろ》かなのはコンラートのほうだと」

そういえばさっきからフリンは挙動不審《ふしん》な女と化していた。荷台や生きてる羊毛の陰《かげ》に身を隠《かく》し、ちらりちらりと激戦の跡地《あとち》を窺《うかが》っている。見つかって困ることでもあるのかと、おれが声をかけようとした時だった。

「うおぅっ、おっじょーぅおさぁーん！」

「ああっ」

銀の髪《かみ》が一瞬《いっしゅん》、逆立った。しゃがみ込んで敵兵の身体《からだ》を触《さわ》りまくっていた男が、フリンを見つけて嬌声《きょうせい》を上げたのだ。顔中が口になる程《ほど》の、動物的な喜びようだ。やんちゃ盛りの大型犬かというスピードで、憧《あこが》れのお嬢《じょう》さんに突っ込んでくる。

耳とか垂れちゃって大変だ。

「おじょーさん、おじょーさん、おじょーさんじゃー！　皆の衆、おじょーさんじゃー！」

「あっあああっ嘘《うそ》っ、ちょっと待って、ちょっと待ちなさ……ぎゅむん」

端《はた》で見ていてセクハラ臭《しゅう》を感じないのは、やはりお嬢様と下僕《げぼく》という人間関係を知っているせいだろうか。次々とアタックしてきた男達によって、フリンはスクラムで潰された選手みたいになってしまった。

「ラグビーも相当激しいよねー」

サッカー好きがピントのずれた発言をする。

山の天辺《てっぺん》から二メートルは軽く超《こ》そうかという大柄《おおがら》な男が立ち上がった。芝刈《しばか》り状態の頭部には、X型の傷がある。胸に抱《いだ》くは丸い石……ん？　この艶《つや》テリは石ではなく、長年可愛《かわい》がられた頭蓋骨《ずがいこつ》ではないか。

「山脈隊長!?」

磨《みが》き込まれて飴色《あめいろ》につやめく球体は、山脈隊長のスウィートハート、テリーヌさんだ。隊長殿《どの》が殺《や》った亡骸《なきがら》の中から、一人だけ連れてきたことになっている。メンバーの皆からもテリぼんテリぼんと好かれているが、しかし実は「生まれた時から骨姿」でおなじみ骨飛族の、身体の一部なのは内緒《ないしょ》である。

駆けつけてくれた援軍の大半は、平原組の卒業生達だった。皆、薄汚《うすよご》れた格好はしているが、以前に着ていたピンクの囚人服《しゅうじん》ではない。

「山脈隊長達、どうして大シマロンにいるんだ？　ああまずはテリーヌさんにあいさつだよな。こんちわテリーヌさん、今日もお肌つやつやだねぇ」

「テリーヌしゃんは毎日お手入れに余念がないんでしゅよねえ。基礎化粧品《きそけしよう》は卵白なんでしゅよー」

「……山脈隊長も変わってないね」

この悪辣《あくらつ》な坊主頭《ぼうずあたま》の人間山脈は、テリーヌしゃんを通してしか会話をしないのだ。

やっとのことで男どもを退《ど》かしたフリン・ギルビットは、カロリアの新国主である立場も忘れ、ヒステリックに叫《さけ》んでいる。

「ああもうあなたたちと来たらッ！　どうしていつもいつも子供じみた挨拶《あいさつ》しかできないの!?　一度くらい気品のある紳士《しんし》的な態度で、ご機嫌《きげん》いかがですかって訊《き》いてみてちょうだいよ！」

「おっじょーさん、俺等ごきげんじゃーん」

「そうそう、俺等ごきげんじゃーん」

「いぇーい、俺等ゴキブリじゃーん」

フリンは礼儀《れいぎ》作法の指導を諦《あきら》めた。

「……それからね、戦場で倒《たお》した敵兵の懐《ふところ》を探《さぐ》るのはおよしなさい。もし後日、遺族に渡《わた》すのでなければ、あれはとても恥ずかしい行為《こうい》よ」

冷静な口調で窘《たしな》められ、平原組卒業生達はしゅんとした。フリンのこういう点は凄《すご》い。

同じ一国一城の主として、見習わなければならないと思う。

これまでおれは村田のことを、いじめられっこの眼鏡《めがね》くんだと思ってきた。だがその偏見《へんけん》に満ちた村田観は、このところの男前ぶりと現在の勇敢《ゆうかん》さにおいて一八〇度転換《てんかん》した。現在、彼が何をしていたかというと……襲撃《しゅうげき》者の遺体に屈《かが》み込んで、丹念《たんねん》に死因を調べていたのだ。戦闘で命を落とした亡骸なんて、テレビか写真でしか見たことはない。こっちの世界に来るようになってからは、様々な衝撃《しょうげき》体験にも慣れてはきたが……それでも自分から傷を調べるなんて、検死官にでもならない限り不可能だろう。

「何も刺《さ》さってない」

顔を覆《おお》った指の隙間《すきま》から、村田と犠牲《ぎせい》者をチラ見する。なにが、と訊く声も籠《こも》る。

「矢だよ。確かに矢が飛んできて突《つ》き刺さったのに、傷があるだけで矢尻《やじり》も残ってないんだ」

「だからそれがなにっ」

「僕の見間違《みまちが》いか……弓じゃなかったのかな。だったら他《ほか》に誰《だれ》が僕等に味方してくれたんだ」

そういえばおれも、援軍《えんぐん》の騎馬《きば》の数を、最初は三騎確認《かくにん》していた。しかしベラール陛下とコンラッドが去ったときには、他に味方の馬はいなかった。残る一騎はどこへ消えたのか。

離《はな》れた場所からの視線を感じ、おれは荒《あ》れ野とは逆の森へと首を向けた。木々を数本過ぎた所……日差しが薄《うす》くなる境目に、先日よりずっとましになった金髪《きんぱつ》の男が、馬から降りもせずに留《とど》まっていた。

「よう」

走るおれの様子に青い瞳《ひとみ》を眇《すが》めながら、アーダルベルト・フォングランツは抑《おさ》えた声を出す。

「元気そうだな」

「あんたも……一昨日《おととい》よりは大分マシになった……その、手と脚《あし》は……？」

彼は骨折した片手片脚を、ギプス状の白い道具で固めていた。

「お前を楽しませちまったな。武人のこういう姿なんぞ、滅多《めった》に見られるもんじゃねぇぞ」

「あんたなのか？」

「何が」

「弓矢みたいだけど……そうじゃないもの撃《う》ったり、おれの顔面に刺さりそうだったナイフを、見えない石で外してくれたのは」

「さあな」

「だから－、そういう力が残ってるんなら、自分の身体を治してからにしろって！」

アーダルベルトは理不尽《りふじん》な説教を受けたような顔になったが、すぐに「まあいいか」と自分で打ち消した。

「これであの晩の借りは返したからな。覚えておけ、次に会うときは……」

その先を言わずに馬を走らせる。不安だけ残すやり方は、以前とまったく変わらない。

9

東ニルゾンからカロリアまでの旅は、比較的《ひかくてき》順調に進んだ。ドゥーガルドの高速艇《こうそくてい》はやはり揺《ゆ》れたが、往路のようには酔《よ》わなかった。

しかし、船どころか海自体初めての子供達は、狂喜乱舞《きょうきらんぶ》して甲板《かんぱん》中を走り回り、船員や周囲の大人に多大な迷惑《めいわく》をかけていた。

行きに出会った神族の子供達だ。大陸の荒れ野で収容所生活を余儀《よぎ》なくされていた彼等を、おれは大シマロンから連れだすことに決めた。フレディが施設《しせつ》に火をつけた晩に、時間のロスも我慢《がまん》して併走班《へいそう》を待ち、牛車《ぎっしゃ》で現れたドゥーガルド兄弟に子供達を託《たく》した。

この子達を船に連れ帰り、おれが戻《もど》るまで手厚くもてなして欲しい。大会後にはどこか神族の住む土地へ、送り届けてやりたいと思っている。そう告げると言葉少なな海の兄弟は、合点承知とばかりに頷《うなず》いた。

大会が終わり、優勝記念品をひっさげて帰ってくると、高速艇は子供達に支配されており、ドゥーガルド兄弟はげっそりやつれていて、うんざりとした顔で呟《つぶや》いた。

「陛下、もう勘弁《かんべん》してください」

申し訳ないが、そうはいかない。

ギルビット港までおれたち一行を運んだ後に、遠い土地まで行ってもらわなければならないのだ。つまりこの髪《かみ》も肌《はだ》も白っぽい子供達を、同族の住む土地まで送り届けて欲しい。

それを告げると兄弟はがっくり項垂《うなだ》れたが、そこはそれ、海の男の心意気だ。しばらくすると男の子達を見習い船員として手伝わせ、女の子に海の男シチューのレシピを教えた。この分なら目的地に着くまでには、日焼けした血色のいい少年少女が出来上がりそうだ。

高速艇がギルビットに入港すると、停泊《ていはく》していた船が次々と祝福の銅鑼《どら》を鳴らした。彼等もみなカロリアの独立を聞いていて、新たな取引相手獲得《かくとく》を目標にやってきていたのだ。

中には眞魔国籍《しんまこくせき》の船舶《せんぱく》もある。

ヴォルフが手摺《てす》りから身を乗り出す。

「ヴォルテールの旗標《はたじるし》だ！」

おれより大人な振《ふ》りをしていたのが、たちまち崩《くず》れて喜色満面になる、

「兄上の船が来てるっ！」

「え、グウェンの船まで？　どこどこ、どんな可愛い小動物系の旗なの」

しかし冷静になって考えてみると、怖《こわ》い事実に行き当たってしまった。フォンヴォルテール卿《きょう》まで出張ってきたとなると、本国の政《まつりごと》はどのようになっているのだろうか。まさかとは思うが、あの人が一人で？　もう一度訊くが、あの人が一人で⁉

「は、早く還《かえ》らないと」

最悪の事態を想像しすぎて、気分が悪くなってきた。

公式にはノーマン・ギルビットは大シマロンで急死したことになっている。従ってノーマンなりきり男だったおれは、皆《みな》の前で公然と下船はできない。出発時にあんなに壮行《そうこう》してもらったにもかかわらず、帰りはひっそりと裏からだ。淋《さび》しいけれどもこれが影武者《かげむしゃ》の定め、分を弁《わきま》えてきちんとやり遂《と》げるつもりだ。

サイズモア艦長はご自慢《じまん》の戦艦「うみのおともだち」号におれと村田が乗ると聞き、喜び勇んで乗艦準備に行ってしまった。世を忍《しの》ぶ理由のないヴォルフラムは、兄を迎《むか》えにヴォルテール艦へと出向いている。ダカスコスは平原組の皆さんと意気投合し、女房《にょうぼう》のいる生活・プライスレスと銘打《めいう》って、秘密のご機嫌うかがい用語集を披露《ひろう》していた。戦い一筋二十五年の独身兵士連中は、嫁《よめ》さんのいる生活が相当羨《うらや》ましいらしい。

平原組といえば山脈隊長を始めほとんどの兵士が、第二の就職先にフリン・ギルビットお嬢《じょう》さんの国を選んだ。ついでだからとカロリアまで「赤い海星」に乗せてやると、これが殊《こと》の外大好評だった。基本的に陸兵ばかりの卒業生は、海での、しかもこんなに速い移動は初めてだったらしい。

感激のあまりせめてものお礼として、自部隊の名物野営食「海月鍋《くらげなべ》」をご馳走《ちそう》すると言いだした。それ自体は異文化コミュニケーションとして素晴《すば》らしいと思ったのだが、ただ残念なことにドゥーガルドの高速艇は非常に速いので、彼等が料理を作る前にカロリアに到着《とうちゃく》してしまった。という理由で船の厨房《ちゅうぼう》には巨大《きょだい》ドラム缶鍋《かんなべ》だけが残り、肝心《かんじん》の平原組はもう上陸済みだ。またいつか「海月鍋」を味わう機会があったら、その時には山脈隊長とテリーヌしゃんを思い浮《う》かべることにしよう。

人出が引く時間帯になってから上陸しようと、おれは孤独《こどく》に船内を見物してまわっていた。厨房前の廊下《ろうか》までやってきたので、巨大ドラム缶鍋でも拝んでおこうかと扉《とびら》を潜《くぐ》る。先客はシンクの脇《わき》に寄り掛《か》かり、薬缶《やかん》からのぼる湯気をぼんやりと眺めていた。

なんだか面白《おもしろ》くなさそうだ。

「村田」

反射的に顔を上げ、胸の前で組んでいた腕《うで》をほどく。

「あ、なんだ渋谷か」

「なんだじゃないよ。お前まだ下船してなかったの？」

「んー？　まあ色々面倒《めんどう》くさくてねー」

おれみたいに出たくても出られない奴《やつ》もいるのに、面倒くさいとは何事か。薬缶の中身が沸《ふっ》騰《とう》して蓋《ふた》を鳴らす。無性にカップ麵《めん》が食いたくなって、無いと知りつつ厨房を探してしまった。

「そりゃそうだよな、剣《けん》と魔法《まほう》の世界だもん。赤いきつねも緑のたぬきもないよなあ」

「ピンクのウサギだったらいたのにね」

笑いながらも心ここにあらずという様子だ。気がかりなことでもあるのだろうか。大きめのカップに適当に茶葉を入れ、直接熱湯を注いでしまう。こんな紅茶の煎《い》れ方をしたら、ギュンターが卒倒《そっとう》するだろう。

「なに笑ってんの」

「ええ?」

作業台におれの分の紅茶を置き、村田は椅子《いす》を引っ張りだした。

「面白いこと想像してるって顔してたよ」

「いやぁ、お前が眞魔国に戻ったら、きっと大変なことになるんだろうなあと思って」

「なんで?」

おれの時でさえあれだけ大騒《おおさわ》ぎした連中が、どれだけ困惑《こんわく》するかは見物だった。特に黒髪《くろかみ》黒瞳フェチのギュンターなんか、村田の姿を見ただけで卒倒しそうだ。

「だって幻《まぼろし》の大賢者《だいけんじゃ》だよ。大吟醸《だいぎんじょう》じゃない、大賢者だぞ？　ほとんどの人がお前のこと架空《かくう》の生物だと思ってるんだぜ。そこにのこのこ現れたら、ツチノコどころの騒ぎじゃないよ」

「失礼だな、ツチノコ扱《あつか》いするなよ。せめてヒバゴンにしといてくれ。あれはホラ、二足歩行が出来るから、むしろアシモより利口じゃない？」

「……お前それ、科学者に泣かれるよ」

ひょいと部屋の隅《すみ》に視線を向けると、噂《うわさ》の巨大ドラム缶鍋が放置されていた。確かにすごい大きさだ。床《ゆか》に直接置いてあるのに、おれの胸の高さまである。近くに寄って厚く滑《なめ》らかな鉄を撫《な》でてみたり、中を覗《のぞ》き込んでみたり。

「すげーな、五右衛門風呂《ごえもんぶろ》みたい……あれ、中になんか水が入ってるよ。具はないけど、これが例の海月鍋の出汁《だし》なのかな」

「だしー？　出汁は海月から取るんじゃないの？　でもまあせっかくだから、味見しちゃえ味見しちゃえ」

おれは鍋の縁《ふち》から身を乗りだして、指先に水分を掬《すく》い取ろうとした。紅茶を手にしたままの村田も覗き込む。

「んー、だーめだ……ぅ……ぅ……ぅへぶしゅんッ！」

「なんだよ風邪《かぜ》か。お大事にねって……あーれぇ!?」

物凄《ものすご》く鼻に染《し》みるくしゃみだった。思わず涙《なみだ》が浮かんできて、おれは鼻と目頭を押さえる。

「ちょっと渋谷、お前いま鼻からすごいもん出したぞ!?」

痛む目を必死で開けてみると、なんと、鍋の中には小魚が一匹《ぴき》落ちていた。大きさから想像するに、どうやらシマロンで飲まされた金魚らしい。

「すごいぞ渋谷、これってアレだ、人間ポンプだよ！　今や後継者《こうけいしゃ》が皆無《かいむ》という国宝級の伝統芸、幻の人間ポンプじゃないの!?」

「ひー……痛いわけだー」

しかも鼻から。それも……。

「……骨になってるし」

そりゃそうだろう。その場の勢いで金魚を飲んだのは、もう十日ほど前になる。消化されて当然だし、下からサヨナラしていなかっただけでも奇跡《きせき》だ。罪もない観賞用の赤いお魚ちゃん、あのときは本当に残酷《ざんこく》なことをして、しまっ……。

「泳いでるよ⁉」

「嘘《うそ》だろ」

見事に全身骨なのに、金魚は鍋《なべ》の中をすいすいと泳いでいる。肉が付いていた頃《ころ》よりも、寧《むし》ろ身軽でスピーディーだ。こんな伝統芸能は見たことがない。どうなってるんだ、おれの胃腸。

「これはまさか……幻《まぼろし》の骨魚どんの稚魚《ちぎょ》では⁉」

「な、なにそれ」

「骨飛族や骨地族と同様に、骨に似た身体《からだ》で生きてる水棲《すいせい》種族だよ！　滅多《めった》に見られない稀少《きしょう》な存在だから、骨魚どんって呼ばれて縁起《えんぎ》物扱《あつか》いされてるんだ！　いやー縁起がいい。これを見ると骨密度がアップするんだ。会うだけでステータスアップのお得キャラだよ。何してんだよ渋谷、早く捕獲《ほかく》しなきゃ！　こんなに小さいんだ、鍋底かどこかに紛《まぎ》れちゃったら、恐《おそ》らくもう二度と会えないぞ⁉」

「え、ええ⁉　ほ、捕獲？」

おれは慌《あわ》てて右手を伸《の》ばし、泳ぐ食べ残しを掴《つか》もうとした。骨魚どころか水面まで、指の先さえ届かない。塀《へい》を乗り越《こ》える要領で、鍋の縁《ふち》に飛びついて腰《こし》で支える。上半身をドラム缶に突《つ》っ込むような体勢で、やっと指先が魚の背ビレに触《ふ》れた。

「やた、届い……」

ちくりと棘《とげ》が刺《さ》さった痛みがあって、世界がぐるりと反転した。天井《てんじょう》だった場所が足の下になり、鍋底がすぐに頭上に迫《せま》る。まずい、おれは巨大鍋に落ちたのだ、このままでは分厚い鋼鉄で脳天直撃《ちょくげき》だ。

「む、村田っ、引っ張れ、引っ張ってくれー……ぼふっ」

上半身が水中に投げ込まれる。目と鼻と耳と口から海水が流れ込んできて、ああこれが海月のだし汁《じる》かなんて、呑気《のんき》なことを考えた。だってこれ鍋だから、そんなに深くないし。村田が引き上げてくれるはずだし……まさか……。

いつかくるとは思っていたが、まさかこのタイミングだとは思わなかった。よりによって海でも湖でもなく、巨大ドラム缶鍋とも思わなかった。そして自分が人間ポンプをマスターしているとも……ごがば。

「渋谷ーっ」

急速潜行《せんこう》で吸い込まれるおれの耳に、村田の声はどんどん遠くなってゆく。もう何回も通い慣れた道だから、今更《いまさら》パニックになったりはしない。こういうときはリラックスして、周りの景色でも楽しめばいいのだ。ひたすら潜《もぐ》っていくおれの目の前を、気持ちよさげに泳ぐ魚の骨。

「ああー、切っ掛《か》けは骨魚どーん……」

あとはもう、お久しぶりねの、スターツアーズ。


白い光を長いこと受けすぎて、目蓋《まぶた》の裏が灼《や》けるように痛い。

四肢《しし》を伸ばして大の字に寝転《ねころ》がったまま、おれは波の音を聞いていた。

ああ、夏だ。そして海だよ。

真夏の日差しが胸や腹を容赦《ようしゃ》なく温め、背中には濡《ぬ》れた熱い砂の感触《かんしょく》がある。ただ、どこより熱く痛いのは頬《ほお》と目蓋で、それ以外の部分はじっとりと蒸《む》されて不快なだけだ。目を開けて息を吸わなくてはと、命令を下す脳ばかりが焦《あせ》る。身体は一向に指示を実行できなくて、指の先も動かせない。

帰ってきた、それは判《わか》っているのだが。

ひどく遠い所から、村田の自嘲《じちょう》気味の呟《つぶや》きが聞こえた。呆《あき》れて笑っているようだ。

「会う前に地球に戻《もど》っちゃったよ。よっぽど相性が悪いんだねえ」

それ誰《だれ》のことと訊《き》きたかったのだが、声もだせなければ指文字も書けない。

太い指で鼻と顎《あご》を摑まれて、思い切り上下に引っ張られる。なになにー？　と問い返す間もなく、おれの胸に張り詰《つ》めた筋肉が触れた……筋肉が……。

「うわあーっ！」

全身の神経がいきなり呼び覚まされて、穴という穴から汗《あせ》が噴《ふ》き出した。覆《おお》い被《かぶ》さっていた競泳パンツ一丁の青年を、両腕《りょううで》全体で突き飛ばす。

「渋谷セーフ！　かろうじてギリギリセーフ！」

「おーあぁひゃああっぶねぇとこだったーぁ」

親切なライフセーバーのおにーさんは、唇《くちびる》を押さえて淋《さび》しそうに座っている。救助してもらって感謝はしているのだが、その両膝《りょうひざ》を合わせたお嬢《じょう》さん座りはどうよ。彼は一回咳払《せきばら》いをすると、諭《さと》すような口調で話し始める。

「君たちね、いくら仲がいいからって助けに行ったお友達まで溺《おぼ》れたら意味無いじゃないの。それに海に入るのにその格好は何よ。水を吸って重くなった服は、手足の自由をいっそう奪《うば》うのよ」

「あ、はあ」

「海に入るときは男も女もピチピチビキニ。これ鉄則、いい？　これ鉄則よ？」

自分の身体に目を落とすと、ビキニどころか立派な冬服を着込んでいる。ぐっしょり濡れた厚い布は重苦しく、胸まで締《し》めつけるようだった。

疲《つか》れ切って岩に寄り掛かっていた村田健が、ライフセーバーにぽつりと尋《たず》ねる。

「女子大生は？」

「だーれ、それ。ああ、水着を流しちゃった娘《こ》？　あの娘達ならぼくが厳重に注意しておきました。遊泳禁止の場所で遊んでからに、ペンションのバイトくんに後始末までさせるなんて。参考のために事情聴取《ちょうしゅ》させてって言ったら、ぱーっと風みたいに逃《に》げちゃいました」

毎年、正義の夏を過ごして灼けた肌《はだ》は、小麦色を通り越して茶色になっている。逆三角形の鍛《きた》えられた身体を誇《ほこ》るように、腰に両手を当てて立つ。顎に食い込む水泳キャップの紐《ひも》。

「とにかく君たち、肉体疲労《ひろう》時の海は危険よ。浜辺《はまべ》で休む勇気を忘れないように」

「はぁーい……」

ミスター・救助人が行ってしまってからも、おれたちはしばらく砂の上に伸びていた。互《たが》いに何かを言いかけるのだが、タイミングが良すぎたり悪かったりで、なかなか会話が続かない。

「まったく、薄情《はくじょう》なもんだよね」

動かずに随分《ずいぶん》過ごした頃になって、村田がやっとおれの傍《そば》まで寄ってきた。

「彼女達のために溺れたようなものなのにさ」

「ああ」

「渋谷」

湿《しめ》った砂の上に膝を抱《かか》え、村田は言葉を飲み込んだ。何度目か判らないくらいおれの苗字《みょうじ》を呼んだ後に、やっと短くこれだけ言った。

「夢じゃないからな」

おれはたっぷり七秒黙《だま》ってから、こみ上げる笑いと一緒《いっしょ》に訊いた。

「何が？　骨魚どんが？」

「……ばかだなっ、魚の骨のことじゃないよッ」

ちょうどその時、間の抜《ぬ》けた破裂《はれつ》音が空に響《ひび》き、こじんまりとした白煙《はくえん》がたなびいた。夏休みを純粋《じゅんすい》に遊びまくる若い連中が、昼間の花火に興じているのだ。

友人は呻《うめ》きながら身体を起こし、痛む筋肉に無理を言わせて背伸《せの》びをした。

「そういえば渋谷、今夜って観光協会の花火大会だよ」

「ちぇ、どうせおれはペンションで皿洗いで、お前は女子大生にチャレンジなんだろ」

「そんなことないよー、洗い物も手伝うからさ。早く済ませて浴衣《ゆかた》の女子と花火見ようよ」

溺死《できし》しかけた二人組なのに、おれたちときたら妙《みょう》に上機嫌《じょうきげん》だ。

「綺麗《きれい》だよー。シークレットスポット教えるからさー。そこだとまるで星が降ってくるみたいだよ。な？　婚約者《こんやく》のいぬまに魂《たましい》の洗濯《せんたく》して、M　P《マジックポイント》がっちり増やしておかないと」

「まったく、秘密スポットだかミスタースポックだか知らないけど……なんだって？」

「別れた女と同じタイプを紹介するのもなんだけどさー」

濡れた肘《ひじ》でおれの脇腹《わきばら》を小突《こづ》いてくる。

「マスクメロンの間に泊《と》まってるプラチナブロンドちゃんなんかどう?」

髪《かみ》を摑んで揺《ゆ》さぶってやりたくなった。

友達が好きすぎて、笑いがとまらない。

向こうの世界に仲間がいて、地球にもそれを知る友人がいる。
もう夢なのかと疑わなくていい。

ムラケンズ的関白宣言

「コンバニヤ、ムラケンズのムラケンこと村田健が、首都へロピンからお送りいたします。本日、アシスタントを務めてくれるのは、失恋直後《しつれん》でハートブレイクな渋谷有利くんです」

「んーうるせーなー……おれは失恋なんかしてないぞー。恋《こい》に破れて腹筋の回数増やしたりとか、絶対に絶対にしてねえかんなぁ」

「じゃあ『夢破れて山河あり』してんの?」

「それもしてない……ていうかどうやるのか判《わか》んねーし。それより村田、タイトルが完結宣言じゃなく関白宣言になってるじゃんか。お前はおれを先に寝《ね》させないつもりかっつーの」

「いやだなあ渋谷、亭主《ていしゅ》関白主義じゃないよ僕は。そっちの関白じゃなくってさ。どうせ王様のいる世界に来たんだから、これまでの経験を生かして関白職でもやってみようかなと、決意も新たに宣言してみたんだよ」

「え、関白? 確かもう摂政《せっしょう》がいたような気も……ああもうでも別にどうでもいいけどさ」

「なに⁉ 摂政がいる⁉ うーんこうなったら宮廷《きゅうてい》内で血で血を洗う権力争いだな。せっかく僕に関する新たな新事実が判明したんだから、戦わなくちゃ、現実と!」

「どうでもいいけど新たな新事実ってなんか変だよ……どうでもいいけどさー……」

「あーっだからもう渋谷ーぁ、失恋くらいでそんなに無気力になるなってば。ツーアウトなのにバッターボックスでワンコの構えをして、当然のごとくアウトになったような顔をしちゃってさ」

「ワンコじゃなくてバントだろ」

「よしこうなったら僕が女の子をばばーんと紹介《しょうかい》してやる。マトリョーシカの間《マ》のシベリア美人はどうだ？　マルクス・レーニン主義の間《マ》のモジャスカヤさんはどう？」

「やめろ、㋮がつきゃいいってもんじゃないだろ⁉　だいだいモジャスカヤって何だよモジャスカヤって。おっさん紹介してどうするんだよ」

「モジャスキーじゃなくてスカヤだから人妻だよきっと。じゃあいっそ、次は㋮のつかないことしてみるか」

「ん？　㋮のつかないこと？」

「そう。㋮のつかない場所で㋮のつかないことして㋮のつかない女子と交流するんだよ。アメリカの女優さんとか、カナダの大自然ギャルとか、サンフランシスコのチャイナタウンとか、ヤマグチさんちのツトムくんとか」

「ツトムくんは女の人じゃないだろう……名前としては大好きだけど」

「そう！　次回は名前としては㋮がつかないんだけど、でもどっか微妙《びみょう》に㋮スタルジックだという……ところで渋谷、チャイナタウンとは普通《ふつう》に付き合う気でいたのかい？」

あとがき

ごきげんですか、喬林《たかばやし》です。

私は、ごきげんどころか満身創痍《まんしんそうい》です。

どの辺りが満身創痍かというと、満身というからには全身です。

今から、痛いことを書きます。色々な意味で、イタいです。人間としてどうよ、とか、青臭《あおくさ》いこと言ってんじゃないよ喬林、とか、そう思われても仕方のないことです。久々の長いあとがきなので、ペースが狂《くる》っているのかもしれません。

私は常々、あとがきに自分の病気のことを書くのはどうだろうと思って参りました。だって世の中では多くの人々が、自分なんかよりもずっと深刻な病と日々闘《たたか》っているのです。それをこういう「読んで笑っちゃう」本のあとがきで、大したこともない、日常に影響《えいきょう》もでないような疾病《しっぺい》について切々と訴《うった》え、それを原稿《げんこう》の遅《おく》れた理由にするのはどうかと思っていたのです。

ですが……。今回は言う。もう言っちゃいます。いや言わせてください！

痔《じ》が悪化しました。

KEK（ちょっとした理由で濁点《だくてん》を外しています）「穴あき座布団《ざぶとん》がいいらしいですよ」って、そんなことは私も知っています。問題はそれをどこで買うかなんだってーの（ゲレロ風）。

満身創痍というからには、傷《いた》んでいるのは一カ所だけではありません。膀胱炎《ぼうこうえん》になりました。

KEK（今年いっぱいは濁点を外しています）「冷えると良くないみたいですね。それで、ご病気のところ心苦しいですが原稿はください。かなりヤバいことになってますからね」って、そんなことは私も知っています。問題はスランプをどうやって抜《ぬ》けるかなんだってーの。

あるある大事典も「今日のテーマはニンニクっ」とかばかりではなく、早く「スランプ」をあるあるしてください。あるある、あるある。

恥《は》ずかしくなく言える（言えるか!?）病名はこれくらいですが、実は他《ほか》にも、もっと細かい怪我《けが》や病気がたくさんあります。視界には蚊《か》が飛んで見えるし、太りすぎで心臓が肥大してそうだし、酒の自棄《やけ》飲みで肝臓《かんぞう》がギリギリだし、電車で他人のゲ……吐瀉《としゃ》物を踏《ふ》んですっ転び、膝《ひざ》と踵《かかと》を強打したし……。正確に書くと、転んだというよりも、一人ロミオのポーズでした。片膝《かたひざ》をつき、両手を盛大に開いて。都会のクールな通勤者の皆《みな》さんは、優《やさ》しく見て見ぬ振《ふ》りをしてくれました。おおロメロあなたはどうしてロメロなのー（ひとり芝居《しばい》）。

と、まあこんな具合に自分の災難を書き連ねてみましたが、こんな程度で大変とか言ってはいられません。前述のとおり世の中にはもっと深刻な病と闘っている方々がたくさんいらっしゃるわけです。

死に至る病も多くあります。

前回の「てん㋮」とこの「ち㋮!」(だからこの略し方もどうなのよ)を書いている最中に、母方の祖父が他界しました。男性の平均寿命《じゆみよう》をはるかに超《こ》えていましたから、人生を存分に楽しんでくれたと信じたいです。祖父はまた、第二次世界大戦で召集《しようしゆう》され、戦地に行った世代です。しかし私をはじめ孫達には、戦場での悲惨《ひさん》さは何一つ話しませんでした。それどころか偉《えら》い人を殴《なぐ》って営倉に入れられたことや、現地の犬を飼い慣らしリーダーとなって、気に入らない上官にけしかけたこと、ジャングルで人食い虎《とら》に狙《ねら》われて、一晩中周りを彷徨《うろつ》かれたこと、将校を乗せるために高級車を用意しろと命じられ、知らん顔して現地の霊柩車《れいきゆうしや》に乗せたことなど、自分の体験のごく一部だけを、あたかも冒険譚《ぼうけんたん》のごとく面白可笑《おもしろおか》しく話してくれました。

私が現在この場所にいられるのは、祖父のお陰《かげ》だと思っています。自分の脳にある祖父からもらった遺伝子を、どうにか生かしたいとも思っています。

また、やはり前作と今作を書いている最中に、アメリカがイラクを空襲《くうしゆう》し、「解放」して戦争を終えました。この問題に関してはそれぞれの心の中に様々な見解があるはずなので、私がここで偏向《へんこう》した意見を書くつもりはありません。

ただ、読んでくださっている皆さんの中には、中高生の方々が多くいます。その年代の方にお願いしたいことがあります。現在は新聞、テレビをはじめ様々なメディアから、かなりの速さで情報が入ってきます。今回も現地の様子がリアルタイムで放映されました。こうした情報を積極的に収集し、自分なりの意見を持って欲しいと思うのです。誰《だれ》かに言われたから戦争に反対する、あるいは支持するのではなく、自分が見たもの聞いたもの読んだものから判断して、自分の意見を持って欲しい。その際には一方だけではなく、双方《そうほう》の主張に耳を傾《かたむ》けることが重要だし、両者の歴史的背景を把握《はあく》し、宗教的思想について知ることも必要です。現地の生活ぶりや社会構成、政治のシステムについても学べたらもっといいと思います。だからといって私は皆さんが「人間の盾《たて》」等の活動で、現地にまで赴《おもむ》くことには賛成できません。戦地での身の処し方を知らない者が行っても、周囲の人々（家族や友人、国にも）に迷惑《めいわく》をかけるだけだと思うからです。テレビもラジオも新聞も週刊誌もインターネットもあります。まずはこの国に居る状態でもいい。当該《とうがい》国の提供する情報ばかりではなく、第三国やNGO、超《ちょう》国家的組織など、あらゆる立場からの意見、情報を取り入れ咀嚼《そしゃく》して、今回の戦争について考えてみて欲しい。また、日本という国に生きる我々には、それが可能だと思うのです。

……と、えらい青臭く気恥《きは》ずかしいことを書いてみましたが、では自分のしていることはというと……いやあ、いつもどおりでさぁ！　例によっておバカな面々が、例のごとく馬鹿騒《ばかさわ》ぎを繰《く》り広げています。正直「何を不似合いなあとがき書いてるんだぁ」と、腕《うで》の辺りがカユくなっています。ああー、私のおおばかものーっ！　どうしてこう、分を弁《わきま》えるっちゅーことができないのか。いつにも増して「あの人のあーんな秘密が！」「この人のこーんな過去が!?」だった「てん㋮」と「ち㋮！」ですが、気づけば四冊続いてしまった「マスク・ド・貴婦人編」じゃなかった「カロリア編」も、どうにか今回で完結できました。い、いや、させたつもり。常に脇役《わきやく》に心奪《うば》われるタイプの私は、今編もアレやアレやアレが予想外にいいキャラクターにできたので、そういう面では満足です。特に今回「ち㋮!」ではアの人が出ると、一行書く度《たび》に心の中で「兄貴ーっ!」と叫《さけ》び、どうにかスランプを脱《だっ》しようと足掻《あが》いてみたりしました。無駄《むだ》だったけどね。いやー、アの人とポの人(二人合わせてアポの人)はいいコンビだ。

お手紙でご心配いただいた次男も、やっと復活しました。考えてみるとまったく出なかったのは、たった一冊だけなのですが……。どうでしょうお客さん、サービスで腕もおつけしておきましたよ? ご意見是非《ぜひ》ともお聞かせください。しかしその代わりといっては何ですが、教育係と長男の扱《あつか》いがあんまりなことになってしまいました……。出番があると騙して表紙に彼等を描《か》いてくれた松本テマリさんには、実に申し訳ないことをしてしまいました。テマリさん、すみません……努力は、努力はしたんですが……(本当か?)。でも長男の声、あの人に決まったみたいだから! それは私の償《つぐな》いにはなりませんか……。

声ということでお気づきの方も多いと思いますが、㋮《まるマ》の本編がCDになります。うう、どうしたことだ、この超豪華《ちょうごうか》なキャストは。一体ビーンズ編集部に何があったのか。も、もしかして大掛《おおが》かりな思い出づくり……? 内容は「今日㋮」の本編と、ボーナストラックとしてアニシナのエピソードが入る予定です。詳《くわ》しくは挟《はさ》み込みのチラシに書かれていますが、私もKEKも知らなかった眞魔国《しんまこく》の紋章《もんしょう》入りピンズや、誰もが知りたかった(わけない)あのおキクの謎《なぞ》が明らかになる豪華《ごうか》(棒読み)書き下ろし冊子封入《ふうにゅう》等、書店では扱ってもらえないようなマニアックな作りのため、通販《つうはん》オンリーとなっています。発行は十月、申し込み締《し》め切りはI東さん（伏《ふ》せ字）のお誕生日、八月二十九日です。お申し込みはネットか郵便振替《ふりかえ》でよろしくお願いします。えーと更《さら》に十月にはビーンズ文庫二周年記念フェアもあり、この時期に文庫の新刊が出せたらなあと思っ……KEK（私の精神衛生上の理由で濁点を……）「出すんです。㋮ですよね」私「んんまあそう言われてみればそうのような」KEK「じゃあ違《ちが》うんですか」私「と言われれば違うような」……どうなるか不明。というか不安。

雑誌「The Beans《ザ・ビーンズ》」の第二弾《だん》も秋頃《ごろ》発行予定だそうです。そうです、って他人事《ひとごと》のように言っていますが、何かちょっと書かせてくれるとKEK（もう一生濁点なしでいてくれ）が言っていました。以下、KEK談→「㋮特集です。小説と記事のめくるめく波状攻撃っす」

おお、文字で書くとスムーズに感じるなあ。実際にやってみると、遅筆《ちひつ》で負け犬根性《こんじょう》の私には大事ですが。ああ、注文の多い料理店、じゃなかった、回転の速い脳味噌《のうみそ》が欲しい。という具合に今年後半もフルスロットルなので、皆様と何度もお会いできたら嬉《うれ》しいです。ご意見ご感想のお便りも、いつでも両手を広げてお待ちしています。

私に降らせてほしいのは、雪や星よりもあなたの言葉だから。

喬林　知

「地には㋮のつく星が降る！」の感想をお寄せください。
おたよりのあて先
〒102-8078　東京都千代田区富士見2-13-3
角川書店アニメ・コミック事業部ビーンズ文庫編集部気付
「喬林　知」先生・「松本テマリ」先生
また、編集部へのご意見ご希望は、同じ住所で「ビーンズ文庫編集部」までお寄せください。

地《ち》には㋮のつく星《ほし》が降《ふ》る！

喬林《たかばやし》　知《とも》

角川ビーンズ文庫　BB4-9　12999

平成15年7月1日　初版発行
平成15年10月20日　3版発行

発行者――――井上伸一郎
発行所――――株式会社角川書店
東京都千代田区富士見2-13-3
電話／編集（03）3238-8506
営業（03）3238-8521
〒102-8177　振替00130-9-195208
印刷所――――暁印刷　製本所――――コオトブックライン
装幀者――――micro fish

ISBN4-04-445209-1 C0193 定価はカバーに明記してあります。

マ
まるマ
シリーズ
職業・魔王。
いきなり異世界に流されちゃった
ルーキー魔王・渋谷有利の明日はどっちだ!?
好評既刊
①「今日からマのつく自由業!」
②「今度はマのつく最終兵器!」
③「今夜はマのつく大脱走!」
④「明日はマのつく風が吹く!」
⑤「きっとマのつく陽が昇る!」
⑥「いつかマのつく夕暮れに!」
⑦「天にマのつく雪が舞う!」
⑧「地にはマのつく星が降る!」
番外「閣下とマのつくトサ日記!?」
喬林 知
いつかマのつく夕暮れに!
喬林 知
Tomo Takabayashi Presents
イラスト／松本テマリ
●角川ビーンズ文庫○